I0643570

CHANTS
ARMORICAINS

ou

Souvenirs de Basse=Bretagne,

PAR

M. BOUCHER DE PERTHES.

PARIS,

TREUTTEL ET WURTZ, LIBRAIRES,

RUE DE LILLE, Nº 17.

1831.

POÉSIES.

SE TROUVE AUSSI CHEZ MM.

L. Janet, libraire, rue Saint-Jacques, nº 59.
Levavasseur, libraire, au Palais-Royal, galerie des Proues.
Igonette, libraire, rue de Savoie, nº 12.

IMPRIMERIE ET FONDERIE DE J. PINARD,
RUE D'ANJOU-SAINT-GERMAIN, Nº 8.

Chants

ARMORICAINS

ou

Souvenirs de Basse-Bretagne,

par

M. BOUCHER DE PERTHES.

PARIS.

TREUTTEL ET WURTZ, LIBRAIRES,
RUE DE LILLE, Nº 17.

—

1831.

L'Auteur, en réunissant quelques traditions recueillies sur les lieux, quelques souvenirs d'un long séjour en Basse-Bretagne, n'a pas eu la prétention de faire un poème et encore moins un ouvrage savant : il a tâché de rendre dans une prose rimée les impressions qu'il y a éprouvées. Plusieurs de ces chants sont une imitation d'anciens récits que répète encore le paysan des collines d'Aré, ou le riverain de Pontusval et de Saint-Pol-de-Léon. Il serait inutile de chercher un plan dans un ouvrage qui n'en a pas. Si cette répétition continuelle de chants guerriers fatiguait le lecteur, il doit se rappeler que la guerre était l'occupation ordinaire des peuples primitifs ; que cet instinct belliqueux est encore celui du Bas-Breton actuel, et l'héritage d'une province qui a fourni à la France tant de bons officiers et de marins intrépides.

CHANTS
Armoricains.

Le Repos.

❀

La paix est dans ces lieux, ami, qu'y veux-tu faire ?
Ainsi que le navire enchaîné dans le port,
Ici nous languissons ignorés sur la terre ;
Pour les cœurs généreux, le repos est la mort.

Vois, la rouille a rongé la pointe de la lance,
La poussière a terni l'éclat du bouclier, '
Mon cor sur le lambris garde un morne silence,
Et la mousse a couvert les pas de mon coursier.

Mes exploits sont le sang de la biche timide ;
Sans dangers je parcours les landes, les forêts ;

1.

Je ne rencontre plus l'animal intrépide
Qui brave le chasseur et résiste à ses traits.

Ces ombres, ces esprits, noirs enfans des ténèbres,
Qui troublaient la colline, ont fui devant mon bras ; [2]
Je n'entends plus leurs cris ni leurs sanglots funèbres,
Je les appelle encore, ils ne répondent pas.

L'Élorne roulé en vain son onde menaçante, [3]
Je n'ai pas redouté ses bonds et ses efforts ;
Mon front brisant la vague au loin retentissante,
J'ai vaincu sa fureur et j'ai gagné les bords.

Quand le Taureau grondait je n'ai pas fui l'orage, [4]
J'ai lutté sans effroi contre le tourbillon ;
La trombe, noir siphon, appelait le ravage,
Et je suis resté seul au milieu du vallon.

L'Armorique n'a plus d'ennemis à combattre, [5]

Allons chercher ailleurs des cœurs dignes de nous;

Si nous trouvons le bras qui puisse nous abattre,

Nous le proclamerons le plus vaillant de tous.

NOTES.

> ¹ Vois, la rouille a rongé la pointe de la lance,
> La poussière a terni l'éclat du bouclier.

Les Celtes, qui d'abord combattaient nus, avaient pris des Romains l'usage du casque, de la cuirasse et du bouclier.

> ² Ces ombres, ces esprits, noirs enfans des ténèbres,
> Qui troublaient la colline, ont fui devant mon bras.

Ces antiques croyances vivent encore en Basse-Bretagne; chaque vieux château, chaque colline, chaque pierre, a son spectre ou son génie. Voici quelques unes de ces traditions. Au château de Tonquedec, manoir abandonné des environs de Lannion, on aperçoit une jeune fille vêtue de blanc, se promenant sur les ruines; ce n'est pas la nuit qu'elle apparaît, mais quand le soleil brille; on la voit alors de fort loin: dès qu'on approche, elle s'éloigne.

Dans un autre château du voisinage, au fond d'une citerne desséchée, est un objet d'une blancheur éblouissante, qui change continuellement de place. Un jour, dit-on, on y trouva le squelette d'un enfant, et l'on saisit un animal blanc, dont les yeux avaient un éclat extraordinaire; il refusa de boire et de manger, et disparut tout à coup entre les mains de ceux qui l'avaient pris.

Près de Carhaix, le château de Prévasy fut long-temps habité par un esprit doux et poli envers les femmes, mais qui ne pouvait souffrir les hommes. Les lutins de Prévasy ont été un sujet de conversation dans toute la Bretagne.

A Penanru, près Morlaix, on entend quelquefois un bruit semblable à celui que produirait un marteau sur une pierre ; on dit que c'est un esprit qui rend ces sons, on l'appelle *le casseur de pierres*.

———

[3] L'Élorne roule en vain son onde menaçante.

L'Élorne, rivière du Finistère.

———

[4] Quand le Taureau grondait, je n'ai pas fui l'orage.

Le Taureau. Il y a plusieurs rochers de ce nom ; l'un, sur lequel est bâtie une prison d'état, est à l'entrée de la rade de Morlaix, l'autre sur la côte de Léon.

[5] L'Armorique n'a plus d'ennemis à combattre.

Armorique, ancien nom, de la Bretagne celtique ; ce mot signifie côte de la mer. (Daru, t. I, p. 14.) Dans le département du Finistère, entre Saint-Pol-de-Léon et Brest, un petit cap porte encore le nom de *Pointe de l'Armorique*.

La Plainte.

✹

Entendez-vous sur la vague lointaine,
Entendez-vous ce cri de mort?
C'est l'héritière de Molène[1]
Que l'on entraîne loin du port.

Le roi de la rive étrangère,
Quand il apparut parmi nous,
Vint l'arracher aux baisers de sa mère,
Et lui dit : « Je suis ton époux. »

Depuis ce jour, qu'elle a versé de larmes,

    La noble fille des héros !

    Et nous sommeillons sur nos armes,

    Et nous écoutons ses sanglots !

    Eh quoi ! l'espérance du brave,

    Du chef qui dirigeait nos pas,

    Le sang de Grallon est esclave, [2]

    Et nous ne le vengerons pas ?

    L'aigle étonné prête l'oreille,

    En vain il attend le signal ;

    Son œil perçant, qui toujours veille,

    Éclaire l'antre de Klarmal. [3]

Henn, agitant sa blanche chevelure, [4]

    Contre nous invoque les dieux,

Et dans l'antique sépulture
Il va réveiller les aïeux. [5]

Où sont donc les enfans d'Armore ? [6]
Où sont ces guerriers menaçans ?
Lorsque la vierge les implore,
Seront-ils sourds à ses accens ?

Toi, chef, elle était ton amante,
Elle chérissait ta valeur;
Elle t'appelle, et l'épouvante
Enchaîne encor ton noble cœur!

Quel est ce héros si terrible
Qui te fait tressaillir d'effroi ?
Son bras serait-il invincible?
Est-il donc plus vaillant que toi?

On t'a dit que sur sa poitrine

Le glaive s'était émoussé :

Le chêne couvrait la colline,

Et l'ouragan l'a terrassé.

NOTES.

¹ C'est l'héritière de Molène.

Molène. Il y a deux iles de ce nom ; l'une vis-à-vis de Brest, à peu de distance d'Ouessant ; l'autre près de Tréguier.

———

² Le sang de Grallon est esclave.

Grallon, roi breton qui vivait en 434.

———

³ Son œil perçant, qui toujours veille,
Éclaire l'antre du Klarmal.

Klarmal, entre Saint-Pol-de-Léon et l'anse de Goulven. Aujourd'hui il n'y a qu'un moulin.

———

⁴ Henn, agitant sa blanche chevelure.

Henn, en breton, très âgé, vieillard. Voir la grammaire celtique de Rostrenen, édition de Brest. Le caractère distinc-

tif des Gaulois et des Celtes était la longue chevelure. La
Gaule celtique s'appelait *Gallia comata*. *Goualth* en gallois signifie *chevelure*, comme *gualtog*, en bas-breton, *che-
velu*. Les Galates ou Gaulois tirent peut-être leur nom de
ces deux mots.

---

⁵ Et dans l'antique sépulture
Il va réveiller les aïeux.

Les Bretons ont un grand respect pour les morts et pour les
usages de leurs aïeux. Dans quelques cantons du département
du Finistère, on ne donne jamais un coup de fouet aux chevaux qui traînent un corbillard ; s'ils s'arrêtent, on attendra
qu'ils se remettent en marche, et l'on tâchera seulement de les
y déterminer par des paroles. La veille des *Morts*, on sert la
table avant de se coucher, on y pose des vases remplis d'eau
fraîche ; on place des chaises autour du foyer, afin que les
aïeux puissent manger, boire et se réchauffer, et l'on ne ba-
laie pas la cuisine, de peur de les déranger : on cherche encore leurs ombres dans les nuages ; en 1823, lors de la mort
de l'évêque de Quimper, les paysans des montagnes d'Aré
crurent pendant plusieurs jours le voir errer dans les nuées.
On les rencontrait en troupes, les yeux levés vers le
ciel et poussant des cris chaque fois qu'ils croyaient le re
connaître.

On conserve la tête des parens dans des reliquaires qui ont la forme d'une petite maison , et qui sont rangés dans un lieu apparent de l'église ou du cimetière. Dans toutes les paroisses de campagne vous voyez un grand nombre de ces têtes. Quelquefois il y a un lieu destiné à ce dépôt : on le reconnaît par des os enchâssés dans la maçonnerie. Les crânes des Bretons sont en général durs et épais. Peut-être cela provient-il de l'usage de porter des fardeaux sur la tête.

Il faut qu'un Breton soit bien pauvre pour que ses parens ne couvrent pas son corps d'une pierre où sont inscrits son nom, ses qualités et le jour de sa mort. Un trou est au pied, et contient de l'eau bénite. Vous voyez quelquefois une famille entière réunie sur une tombe. Après avoir fait prier les enfans , on leur présente à boire et à manger.

Il est des cantons où les mœurs sont absolument ce qu'elles étaient il y a trois siècles ; partout on rencontre des usages bizarres ; la religion même, malgré les efforts du clergé éclairé , n'y est pas exempte d'une teinte de superstition.

A Quimperley, comme en plusieurs autres endroits, il y a dans l'église des châsses posées très bas ; on passe dessous, en se traînant sur le ventre , et il faut se faire arracher quelques cheveux par les clous.

Le droit de porter les reliques ou la bannière à la procession se vend à l'enchère dans l'église même.

A Ploujean, pendant la messe, un bedeau va présenter une quenouille couverte de lin à l'une des filles de la paroisse; le dimanche suivant elle rapporte le fil du lin et la quenouille avec un lin nouveau; depuis des siècles cette quenouille est toujours garnie.

On passe les enfans et les jeunes filles dans la flamme du feu de saint Jean : cela les préserve de mal, et leur porte bonheur.

On offre à tel saint du lin, à tel autre du beurre, des volailles vivantes ; on les lui apporte dans l'église.

On fait tourner les enfans autour de la statue de sainte Thèque, commune de Plébère, pour leur fortifier les jambes.

Dans certaines circonstances on boit de l'eau bénite. Une pauvre femme, scandalisée des juremens continuels des soldats qui logeaient chez elle, leur faisait la soupe avec de l'eau bénite pour les convertir.

On honore en Bretagne une foule de saints inconnus ailleurs : saint Ouardon, saint Quenal, saint Eflam, et beaucoup d'autres. On prétend qu'ils ont passé la mer dans des auges de pierre, on en montre encore plusieurs ; ce sont les tombeaux dans lesquels ils ont été apportés d'Angleterre. Comme dans nos anciens mystères, on les fait quelquefois paraître en public. Dans une foire de village, un charlatan montrait sur la place des marionnettes représentant la vie d'un saint ; chaque fois qu'il répétait son nom, il ôtait son chapeau, la foule l'imitait dévotement. Quand le saint parut, les autres marionnettes s'agenouillèrent, et tous les spectateurs en firent autant.

Dans la commune de Tredarsek est une église de saint Nicolas ; à l'entrée est un petit saint Nicolas de bois attaché à une corde. Le jour de la fête, les personnes attaquées de douleurs vont prendre le saint et lui font toucher la partie malade.

Il y a trois pélerinages fameux en Basse-Bretagne. Notre-Dame d'Auray, Notre-Dame de Ballotte, et Saint-Jean-du-Doigt. Tout Breton doit y aller au moins une fois en sa vie s'il ne veut pas être obligé de le faire après sa mort, et alors il ne pourra avancer par jour que de la longueur de son cercueil. Celui qui ne peut s'acquitter lui-même de ce devoir, paie quelqu'un pour y aller à sa place ; on y va pieds nus, et quelquefois en chemise. Dans toutes les églises fréquentées des pélerins, on trouve des femmes qui vous offrent d'en faire, à votre intention, le tour à genoux : cela coûte deux sous.

D'autres habitudes, sans tenir à la religion, ne sont pas moins étranges. L'auteur, qui se trouvait en 1822 aux environs de Callac, vit près d'une petite rivière plusieurs centaines de paysans qui se disputaient avec acharnement un drapeau qu'on apercevait sur la rive droite ou sur la rive

gauche du ruisseau, selon le succès de l'un ou de l'autre
parti. S'étant informé du motif de la querelle, on lui répondit que la fertilité serait cette année du côté où l'on
pourrait retenir le drapeau. Le combat dura toute la nuit.
On entendait retentir les juremens, les *torreben*, les cris
des blessés. Au point du jour la victoire se décida pour un
parti. Il y avait beaucoup de crânes fracassés, des membres
brisés, et un homme mort. Le combat a lieu tous les ans, et
les efforts de l'autorité ne peuvent l'empêcher.

Dans quelques bourgs, le lendemain de *Noël;* il y a une
foire de domestiques. Les hommes à louer sont d'un côté,
les femmes sont de l'autre, et les maîtres vont marchander.
A Guingand, le marché au fil se tient, en toutes saisons, de
minuit à deux heures du matin.

Ces traditions, ces usages, ainsi que tous ceux qui sont
cités dans les notes suivantes, ont été recueillis sur les lieux,
par l'auteur, qui a long-temps habité la Basse-Bretagne.
M. de Marchangy, avec lequel il était lié d'une ancienne
amitié, en a rapporté plusieurs dans son *Tristan le Voyageur.*

———

6 Où sont donc les enfans d'Armore?

Ar-more ou *Armorique. More* pour *Mare.* Voyez d'Argentré, *hist. de Bret.*, t. 1ᵉʳ, p. 10. *Cæteræ que civitates, positæ in ultimis Galliæ finibus, Oceano conjunctæ, quæ Armoricæ appellantur.* C. Julii Cæsaris, *Commentarii de bello Gallico*, l. vIII, p. 305.

Le Signal.

❊

Frappe ton bouclier, qu'à la voix de la guerre
Tout s'éveille, tout s'arme et s'apprête aux combats ;
Des fils de l'Océan j'aperçois la bannière ;
Sur la rive Albion vient d'étendre son bras. [1]

Élève ce brandon ; que sa lueur sanglante
Dise à tous les héros qu'il faut vaincre ou mourir ; [2]
Qu'à son aspect le lâche, éperdu d'épouvante,
Aille cacher sa tête èt son dernier soupir.

Déjà le son du cor retentit dans la plaine ;
Regarde, le fer brille, on a vu le fanal ;
Agite, agite encor sa lumière incertaine ;
Que tout, jusqu'au Fréhel, réponde à ce signal. [3]

Vois, sur les monts d'Aré, la flamme qui s'élève ; 4
Sous les coups redoublés, entends l'airain gémir.
Du palais de Budic on détache le glaive. 5
Enfans de l'Océan, que tardez-vous à fuir ?

Ah ! quel beau jour pour nous ! les destins sont prospères,
Puisqu'ils ont amené l'ennemi sur ces bords.
J'aperçois dans les cieux les ombres de nos pères
Qui viennent applaudir à nos vaillans efforts.

Déjà le chant du barde appelle la victoire ; 6
De la colline en feu descendent les guerriers :
Tout marche vers la rive à ces accens de gloire.
Hâtons-nous ! à frapper serions-nous les derniers ?

NOTES.

¹ Sur la rive Albion vient d'étendre son bras.

Albion, *Albin* ou *Alben*, ancien nom de l'Angleterre ; ce mot signifie *haute-terre* ou *région des montagnes*. Macpherson, *Poésies d'Ossian*. Daru, *hist. de Bretagne*, t. Iᵉʳ, p. 16.

---

² Élève ce brandon ; que sa lueur sanglante
Dise à tous les héros qu'il faut vaincre ou mourir.

Cet usage existait également parmi les Écossais, les Irlandais et les Gallois, dont l'origine est la même que les Bretons. (Voir à la fin du volume quelques essais de l'auteur dans le genre ossianique.)

---

³ Que tout, jusqu'au Fréhel, réponde à ce signal.

Le cap Fréhel, département des Côtes-du-Nord.

---

⁴ Vois, sur les monts d'Aré, la flamme qui s'élève.

Les monts d'Aré, chaîne de collines qui traversent une partie de la Basse-Bretagne.

⁵ Du palais de Budic on détache le glaive.

Budic, prince breton qui vivait vers l'an 490. *Mémoires de l'abbé Gallet*, chap. 4, 5, 7.

Vita sancti Oudocei apud Usserium, p. 291. Daru, t. Iᵉʳ, p. 81.

---

⁶ Déjà le chant du barde appelle la victoire.

Les bardes sont d'origine bretonne. Voyez Cambry, *Monumens celtiques*, p. 323. *Bardd* en celtique veut dire *prophète, poète*. Le hautbois en breton s'appelle *bombard*, de *bom*, son, et *bard*. Cambry pense que *bard* a dû signifier *oiseau* ou *chantre des bois*, et le mot anglais *bird* semblerait le prouver. On appelle encore *barz* en Bretagne, pluriel *barzet*, des improvisateurs qui vont débiter des vers dans des noces. Ils les récitent de mémoire, et ne savent ordinairement ni lire ni écrire. Avant la cérémonie nuptiale, deux de ces poètes se rendent à la maison de la fiancée ; l'un se tient en dehors et porte la parole pour le jeune homme ; l'autre, de l'intérieur de la maison, lui répond pour la jeune fille. Ils vont aussi annoncer le mariage aux voisins et aux amis ; chaque village a son barz de profession ; il y a peu de fêtes où ils ne paraissent.

Le Murmure.

Vers le détroit, sur l'île nébuleuse,
Quel est ce bruit, ce murmure confus ?
Que cette voix paraît faible, douteuse !
Écoutez bien ; mais je ne l'entends plus.

N'est-ce qu'un songe, une illusion vaine?
Est-ce le chant de quelqu'oiseau des bois?
Ou le ruisseau, s'élançant dans la plaine,
Parmi les monts élève-t-il la voix ?

Écoutez bien ; silence au champ ! silence !
Silence encor ! je distingue des sons ;

L'étranger veille, il se lève, il s'avance.
J'entends au loin de lugubres chansons.

Le roi des flots a lancé sa nacelle
Et de la voile il ouvre les replis :
Qu'attendons-nous ? quand le danger l'appelle,
Le Léonois reste-t-il indécis ? ²

Que l'ennemi reconnaisse la rive
Au noble feu que lancent nos regards ;
Que sur les mers la terreur le poursuive
Plus loin encor que le fer de nos dards !

28

NOTES.

¹ Vers le détroit, sur l'île nébuleuse.

L'île de Bas, située à une lieue de la pointe de Roscoff.
Elle est habitée par des pêcheurs, et fournit à la marine
d'excellens matelots. Les pilotes de l'île de Bas sont connus
pour leur intrépidité et leur adresse. Les femmes y sont re-
marquables par leurs formes robustes.

² Qu'attendons-nous? quand le danger l'appelle,
Le Léonois reste-t-il indécis?

Léonais ou *Léonard*, habitant du pays de Léon. Le Léonais, le Cornouaillais, tous les Bretons en général, for-
ment une race vaillante. Dans le danger, le Breton parle
peu, il agit. Il n'existe peut-être pas de meilleurs matelots,
de soldats plus patiens et plus courageux : dans quelque situation qu'il se trouve, il n'oublie jamais son pays.
Le jeune Breton, appelé aux armes, part à regret, mais ne
déserte pas ; si par sa bonne conduite il obtient un grade,
s'il devient officier, il n'en reste pas moins Breton. Lorsqu'il peut être libre, il revient à son village, quitte ses

épaulettes, reprend ses larges culottes, ses sabots, cesse de
parler français, et un an après son retour au hameau personne ne se douterait qu'il en fût jamais sorti. La langue
bretonne est l'objet de sa constante affection ; il estime peu
celui qui ne la parle pas ; il la regarde comme l'idiome de
la patrie, la voix des aïeux. Un Bas-Breton à qui on deman-
dait s'il savait une langue étrangère, répondit : le français.

Le paysan, sans être flatteur ni complimenteur, montre
de la déférence pour l'homme d'une classe plus élevée, il le
salue lorsqu'il le rencontre. Il n'est pas communicatif ; cependant s'il voyage seul, il ralentira ou pressera sa marche
pour suivre le premier inconnu qu'il trouvera faisant la même
route ; il l'accompagnera ainsi pendant plusieurs lieues sans
lui adresser la parole, sans même le regarder : il n'a d'autr
but que d'être dans la compagnie d'un homme.

Il est naturellement sérieux, on le voit rarement rire, et
jamais aux éclats ; sa douleur est calme et résignée. Lorsqu'il adresse une demande, c'est sans bassesse, sans prière :
que vous l'accueilliez ou non, il vous dira merci, s'il est
content de la manière dont vous lui avez répondu. Il fera
ponctuellement ce que vous lui direz, et jamais plus. Si on
ne lui demande pas son avis, il ne le donne pas. L'auteur
voulant un jour s'embarquer, dit au pilote : « Partons. » Arrivé au large, il le vit faire un signe de croix, il lui demanda
s'il y avait quelque danger. « Il y en a beaucoup, répondit

3.

le vieux marin. — Pourquoi ne l'avez-vous pas dit ? — Vous ne l'avez pas demandé. »

Il est capable des résolutions les plus désespérées. En 1812, un canot de pêcheur des environs de Tréguier, qui avait communiqué avec l'ennemi, fut arrêté par un bâtiment de l'état : on envoya l'équipage à terre avec quelques hommes d'escorte ; il s'agissait d'une légère condamnation, cependant les pêcheurs, pour se venger de ceux qui les avaient arrêtés, sabordèrent l'embarcation à plusieurs lieues en mer : ils périrent tous, à l'exception d'un seul que le hasard sauva.

En 1819, le nommé Henry, riverain, voulant soulever un quartier de roc pour attacher des filets, sa jambe se trouva comprimée entre deux masses de pierre, sans qu'il lui fût possible de la retirer. Il était seul, la mer montait. Après avoir attendu vainement du secours, il prit son couteau, et il était parvenu à couper la moitié de sa jambe, lorsqu'on l'aperçut.

Le Bas-Breton est de petite taille ; il porte, comme les Gaulois ses aïeux, les cheveux longs et pendans. La toque bleue du riverain, son capuchon de laine blanche, son col et ses jambes nus, son teint basané, lui prêtent un air étranger. Chaque canton affectionne une couleur particulière ; les teintes sombres, le noir, sont les plus généralement adoptées. Néanmoins, dans quelques communes des environs de Brest, le jaune clair, le violet, le rouge, donnent aux réu-

nions des villageois un aspect oriental. Le flegme de leurs
manières se fait surtout remarquer dans leurs querelles ;
leurs combats mêmes sont calmes, et vous verrez deux lut-
teurs renversés se frapper la tête sur le pavé sans proférer
une seule plainte, et se tuer sans se dire une injure.

Le caractère grave du Breton, son costume, ses usages,
sont bien en harmonie avec la terre qu'il habite : un sol
tourmenté, hérissé de masses de granit dont la surface lisse
donne à peine prise à la mousse et au lichen ; des champs
séparés par des clôtures en terre couverte de jonc marin
(*ulex Europeus*), des maisons basses et isolées, tel est en
général l'aspect des campagnes des Côtes-du-Nord, du Finistère et du Morbihan.

Par la variété des sites et par le grand nombre de rivières
dont elle est entrecoupée, la Basse-Bretagne est propre à toute
espèce de culture ; on y trouve des plantes du nord et du
midi. Les figuiers croissent en abondance ; on cite celui des
environs de Roscoff, qui de son immense feuillage peut couvrir cinq cents personnes. Les myrthes, les hortensias, y
viennent partout en pleine terre. Les montagnes du Finistère renferment les roches les plus précieuses. M. de La Fru-
glaye y a trouvé le vert, le jaune antique, l'agathe orien-
tale, le granit dit égyptien, des marbres, des porphyres les
plus riches, et il en conserve de précieux échantillons dans
son château de Keranrou, près Morlaix. Toutes ces sub-

stances se présentent en masse , et l'on ne sait pourquoi
nous allons chercher au loin ce que nous avons sous la main.
Il est même probable que les anciens ont connu les carrières
de la Basse-Bretagne , et peut-être tel monument qui embellit l'Italie et la Grèce a-t-il été fait de nos marbres indi-
gènes. Le voisinage de la mer en rend le transport facile ;
les montagnes, quoique peu élevées, sont primitives ; l'auteur n'y a vu aucun dépôt calcaire.

Celtos.

Réjouis-toi, Celtos ! ce repos qui t'accable,
  Ce repos va cesser enfin ;
Le tison a brillé, son éclat redoutable
  Annonce les enfans d'Albin. [2]

Les corbeaux de Carnac ont paru dans la plaine. [3]
  Les vautours descendent des monts ;
Ils ont senti la mort ; Erech brise sa chaîne. [4]
  Dys a parlé, nous combattrons.

Les dieux, les justes dieux comblent notre espérance ;
  Demain nous verrons les héros,

Nous verrons Ur-Maz-Han au champ de la vaillance. [5]

    Demain s'ouvriront les tombeaux.

Écoute mon coursier; au cliquetis des armes,

    Joyeux, il hennit de plaisir. [6]

Déjà son noble cœur appelle les alarmes.

    L'étranger vient, il veut partir.

Mes dogues ont hurlé; dans leur impatience

    Ils ont dévoré leurs liens. [7]

Vois-tu le brave Ar-Gad? sur la grève il s'élance ; [8]

    Car mes ennemis sont les siens.

Détache de ces murs la harpe de mon père;

    Prends sa coupe, prends son collier, [9]

Et ce casque pesant, ce casque qui naguère

    Faisait reculer le guerrier.

Nous vaincrons; qui jamais sous cette noble armure,

Celtos, a connu la terreur?

Qui jamais succomba? Quel coup, quelle blessure

A pénétré jusqu'à son cœur?

Si mon père n'est plus, c'est que, las de la vie,

Il a préféré le repos;

Et qu'à la nuit sa tête enfin s'est assoupie

Parmi les ombres des héros.

Mais au jour du combat, avant que la victoire

Ait embelli son avenir,

O Celtos! quel mortel ennemi de la gloire

Ah! quel guerrier voudrait mourir?

NOTES.

[1] Réjouis-toi, Celtos, etc.

Celtos ou *Celtès,* ancien chef breton, fils de Celto, fille de Pritannus, roi des Gaulois. Diod. de Sic., Ammien Marcellin, lib. xv. D'Argentré, *hist. de Bret,* t. 1er, p. 4.

---

[2] Le tison a brillé, son éclat redoutable
Annonce les enfans d'Albin.

Si le tison n'est plus employé comme signal d'alarme en Bretagne, il y est encore un objet de respect : on croit que sa lueur écarte les esprits malins. Lorsqu'une fille veut se débarrasser d'un galant, elle lui donne rendez-vous chez ses parens, et elle relève les tisons du foyer. Quand l'amant entre et qu'il trouve ainsi les tisons relevés, il sait ce que cela veut dire, et ne revient plus. De là l'origine du proverbe : Les tisons relevés chassent les galans.

---

[3] Les corbeaux de Carnac ont paru dans la plaine.

La Bretagne celtique, le pays des Venètes, les îles nom

mées *Venedicæe* par les Bretons étaient le principal siége du druidisme, leur plus grand temple fut Carnac. Cambry, *Monumens celtiques,* pages 32-34.

---

4 Ils ont senti la mort , Erech brise sa chaîne.

Erech, roi breton qui vivait en 472. Daru. D'Argentré.

---

5 Nous verrons Ur-Maz-Han au champ de la vaillance.

Murmazon, ou selon d'autres *Ur-Maz-Han,* vint en 509, à la tête d'un parti de Bretons insulaires, débarquer dans la Cornouaille, vers le pays de Léon. D'Argentré, liv. ii, ch. ii. Daru, *histoire de Bret.,* t. I, page 139.

---

6 Écoute mon coursier : au cliquetis des armes ,
Joyeux, il hennit de plaisir.

Le Bas-Breton a toujours une grande affection pour les chevaux ; on fait dans le Finistère de nombreux éléves : le cheval breton est rarement de grande taille, il a la ganache forte, les formes lourdes, mais il est sobre et courageux.

---

7 Mes dogues ont hurlé ; dans leur impatience
   Ils ont dévoré leurs liens.

Les Armoricains, comme tous les autres Celtes, em-
ployaient le chien dans les combats ; il leur inspire encore
en certaine circonstance une crainte superstitieuse : son cri,
lorsqu'il est prolongé, est regardé comme de mauvais au-
gure. Ils croient que le diable apparaît quelquefois sous
la forme d'un chien à plusieurs têtes.

Un paysan est trouvé un soir sur la route de Carhaix ; il
est évanoui. Revenu à lui, il prétend que l'esprit malin lui
est apparu, qu'il l'a serré avec une chaîne et l'a traîné dans
la poussière : ses jambes portent en effet les traces de chaî-
nes, et la terre est foulée autour de lui. Transporté à sa maison, il tombe gravement malade. M. de G..., maire d'une
commune voisine, entendant parler de l'événement, se rap-
pela qu'en traversant la route deux heures auparavant, il
avait rencontré des chasseurs suivis de chiens courans en-
chaînés deux à deux suivant l'usage ; il présuma qu'une couple de chiens restée derrière avait rencontré le paysan, et
que s'étant croisés, la chaîne lui avait entouré les jambes
et l'avait fait tomber, qu'ensuite les chiens, en faisant des
efforts pour se dégager, avaient pu l'entraîner quelques pas.
L'explication se trouva juste, mais le coup était porté ; le
malheureux paysan ne recouvra jamais entièrement la raison, et rien ne put empêcher ses voisins de croire que le diable,

sous la forme d'un chien à deux têtes, avait voulu l'emporter.

L'auteur, en visitant avec M. J. de L., savant ornitho-
logiste, les îles du Finistère, fut accueilli dans une des sept
îles, groupe situé vis-à-vis Perros, par un chien, le seul habitant civilisé qui s'y trouvât ; il paraissait attendre l'approche du bateau, et il témoignait une grande joie en voyant
qu'il prenait terre. Après avoir caressé les voyageurs, il
commença à marcher devant eux, comme s'il voulait leur
faire les honneurs du lieu. Il les conduisit dans une partie
de l'île où se trouvait un grand nombre de lapins : les ossemens que l'on apercevait et son embonpoint prouvaient
qu'il en faisait d'abondans repas. Il en fit lever plusieurs ;
ces pauvres animaux, peu accoutumés à voir les hommes,
étonnés, se cachaient la tête sous la première touffe d'herbe
et se laissaient prendre ; le chien en paraissait fort satisfait,
il en ramenait continuellement vers les voyageurs, et sem-
blait vouloir leur donner le plaisir de la chasse.

Lorsqu'ils se rembarquèrent, il les conduisit jusqu'au
bateau, mais il refusa obstinément d'y entrer. Nouveau Ro-
binson plus sage que l'autre, content de son sort, il ne
voulait plus retourner dans la compagnie des hommes.

Les matelots ne manquèrent pas de voir un être sur-
naturel dans ce chien ; ils ajoutèrent à la vérité diverses
circonstances de leur façon, et plusieurs années après on
parlait encore dans le pays du chien de l'île déserte.

[8] Vois-tu le brave Ar-gad ? sur la grève il s'élance.

Ar-gad, en breton, le lièvre; c'est le nom du chien du compagnon de Celtos.

———————

[9] Détache de ces murs la harpe de mon père ;
  Prends sa coupe, prends son collier.

Collier. Les Armoricains portaient dans les batailles un collier, ainsi que les Gaulois et les Francs. (*Antiquités celtiques.*) La harpe était également en usage chez eux comme chez tous les peuples d'origine du nord.

Le Sacrifice.

L'autel est prêt, le moment est propice ;
L'astre d'Ésus resplendit à vos yeux. [1]
Guerriers, voici l'heure du sacrifice, [2]
Obéissons à l'ordre de nos dieux.

Prenez la hache, approchez la victime ;
Parez son sein de saule et de festons :
Que l'espérance aujourd'hui vous anime ;
Cueillez des fleurs et couronnez vos fronts.

Viens, étranger, viens et courbe la tête ;
Viens, que ton sang inonde le coteau :
Le sort le veut ; vois-tu, la coupe est prête
Et la faucille a touché le rameau. [3]

4.

D'un cri sinistre, ou d'un sanglot funeste,
Garde-toi bien d'effrayer les vivans ;
Tu dois mourir ; que l'instant qui te reste
Soit digne encor du regard des vaillans.

Ne trouble pas la pompe du mystère :
Songe qu'un peuple entoure cet autel ;
Il te contemple à ton heure dernière ;
Salue Armore et la terre et le ciel.

Je vais frapper, que la trompette sonne ;
Aiguisez tous la pointe de vos traits :
De cris joyeux que la forêt résonne ;
Il tombe, il meurt, les dieux sont satisfaits.

NOTES.

[1] L'astre d'Esus resplendit à vos yeux.

Esus, divinité druidique : on lui sacrifiait comme à Teutatés des victimes humaines. (Cæs. *de Bell. Gallic.,* lib. vi, chap. xiv et xvi. Pline, l. xxx. Diod. Sic., l. v. Pomp. Mela, l. iii. Strab. l. iv.) Esus était le premier des dieux gaulois, peut-être le même que *Zeus,* la divinité par excellence des Grecs. Sous la domination romaine, Jupiter prit la place d'Esus.

[2] Guerriers, voici l'heure du sacrifice.

Les sacrifices humains faisaient partie du culte druidique, et ce culte paraît avoir pris son origine en Bretagne. *Disciplina in Britannia reperta, inde in Galliam translata esse existimatur.* Cæsar, lib. vi. Cambry, page 34, *Monumens celtiques.*

[3] Et la faucille a touché le rameau.

Le gui était coupé avec une faucille d'or. Le sixième jour de la lune on le recevait dans un *sagum* (manteau blanc). L'eau dans laquelle on le faisait tremper rendait féconds tous les animaux qui en buvaient.   Pline.

Le Chef.

Le vent est bon, l'onde est brûlante,
Le chef est là, paix sous la tente !

Levez-vous tous, éteignez les brasiers,
Le timon flotte et la voile frissonne ;
Levez-vous tous ; victoire aux nautoniers,
Et qu'au destin le nocher s'abandonne.
Dans ce grand jour, au bruit des avirons,
Nous chanterons l'hymne de l'espérance,
Et sur la poupe, enfin, nous redirons :
Voici le jour, le jour de la vengeance.

Le Goëland s'abaisse sur les flots ;
Du vieux Myrdhin j'entends le cri sauvage. '
L'ombre d'Artur, avide de sanglots,

Vient demander le tribut du carnage.
L'esprit des mers, lui que nourrit la mort,
Sort affamé de sa retraite obscure ;
Il se souvient que notre glaive est fort,
Que sur nos pas il trouve sa pâture.

Dans ce grand jour, favoris du destin,
Ou nous vivrons pour étonner la terre,
Ou, transportés dans le palais d'airain,
Nous sourirons à l'urne funéraire.
Ah ! du héros, que l'avenir est doux !
De tout côté le bonheur l'environne.
Vainqueur, il vit honoré parmi nous,
Et s'il succombe, il trouve la couronne.

Levez-vous tous, éteignez les brasiers ;
Levez-vous tous, c'est le jour des guerriers.

✳

NOTE.

[1] Le Goëland s'abaisse sur les flots ;
Du vieux Myrdhin j'entends le cri sauvage.
L'ombre d'Artur, avide de sanglots,
Vient demander le tribut du carnage.

Le barde Myrdhin, dont nous avons fait l'enchanteur
Merlin, était Breton; le roi Artur, chef de la table ronde,
était également né dans l'Armorique. *Hist. de Bretagne,*
Daru, t. Ier, p. 21.

L'Amante.

Ami, pourquoi donc ta présence
Fait-elle palpiter mon cœur?
Pourquoi ces jours sans espérance,
Ces nuits d'attente et de douleur?
Une fée, un mauvais génie
Président-ils à mon destin? [1]
Ah! sauve-moi de leur furie,
Ami, presse-moi sur ton sein.

Contre cette fièvre brûlante,
Dis-moi, n'est-il pas de secrets?
Faudra-t-il, toujours languissante,

Souffrir et ne guérir jamais?
Je voudrais résister encore
A ce mal affreux; c'est en vain,
Hélas! il brûle, il me dévore;
Ami, presse-moi sur ton sein.

Il me semble que ton haleine
Apaise ce tourment cruel;
Lorsque ta main touche la mienne,
Il ne me paraît plus mortel.
Je sens, lorsque ton bras m'enlace,
Dans mon cœur un calme soudain.
Approche, presse-moi, de grâce,
Ami, presse-moi sur ton sein.

NOTE.

> ¹ Une fée, un mauvais génie,
> Président-ils à mon destin?

Fée, fat, en celtique ; en latin, *fatua.* Les fées sont d'o-
rigine bretonne ; la croyance aux génies, aux magiciens,
est encore répandue dans toute la Basse-Bretagne. L'on
tient le pouce élevé lorsque l'on craint l'approche d'un sorcier, et l'on met dans la manche des enfans un morceau de
pain de seigle.

L'on croit que tel individu peut prendre la force d'un
cheval, d'un taureau ; et tout le temps qu'il la conserve,
l'animal à qui il l'a enlevée reste sur la litière souffrant,
épuisé, haletant, et il ne retrouve son état naturel que lorsque le sorcier redevient lui-même.

Les chats noirs sont grandement redoutés, ceux qui les
possèdent sont l'objet de la méfiance de leurs voisins. Chaque chat noir a un seul poil blanc, celui qui le trouve ac-
quiert une grande puissance.

L'approche de la maladie est annoncée par l'apparition d'une jeune fille ordinairement vêtue de jaune.

Au treizième ou au quatorzième siècle, une peste ravagea la Bretagne. Dans les anciens actes on la nomme *pestis flava,* et en breton *qual vellen,* peste jaune.

Le Bruit.

Les chênes de Penmarh aujourd'hui retentissent; [1]
A la voix des forêts joignons nos cris joyeux.
Que de nos fiers accords les cavernes mugissent,
Et qu'ils soient entendus des hommes et des dieux !

Appelez au vallon les fils de la montagne ;
Qu'ils viennent, l'étranger s'avance dans nos champs :
Sous son bouclier noir disparaît la campagne,
Et le·bruit de ses pas étouffe vos accens.

Redoublons nos efforts; qu'aux musettes d'Armore,
Qu'à leurs chants belliqueux répondent les clairons ; [2]

Chantez, Celtes, chantez, et redoublez encore ; [3]
Que l'étranger pâlisse à ces terribles sons !

Les échos ont parlé, l'aquilon nous seconde,
Le ciel même, le ciel semble s'unir à nous ;
Il tonne, mais en vain ici la foudre gronde,
Guerriers, quand nous chantons on n'entend pas ses coups.

NOTES.

' Les chênes de Penmarh aujourd'hui retentissent.

Il y a plusieurs lieux de ce nom en Basse-Bretagne ; ce-lui dont il s'agit est à peu de distance de Lesneven ; on y voyait autrefois une forêt. *Pen-march,* en breton, veut dire tête de cheval ; *penn,* tête ; *march,* cheval. *March,* selon Latour d'Auvergne, est le nom primitif du cheval. Il assure que les maisons de la Mark, de Marsch, de Marhau-sen, en Allemagne ; de Kœnigs-Mark, en Suède ; de Penn-Marck, en Bretagne, tirent leur nom de celui du cheval. Les mots bretons *marhecq, marheguer,* écuyer, homme de cheval, ont donné naissance au titre de marquis. *Nouvelles recherches sur la langue, l'origine et les antiquités des Bre-tons,* par Latour d'Auvergne. Bayonne, 1792.

Tout le monde ne sait pas que Latour d'Auvergne, le premier grenadier français, était aussi savant qu'il était brave. Né à Carhaix en 1743, il est mort au combat de Neubourg le 28 juin 1800. MM. de Kersosie, ses héritiers, qui habitent les environs de Morlaix, conservent religieusement ses armes, qui formaient à peu près tout son héritage.

On trouve sur sa vie des détails assez curieux dans l'ou-

5.

vrage de M. Miorcec de Kerdanet, ayant pour titre : *Notice chronologique,* Brest, 1818.

Un jour étant à l'armée, dans le plus grand dénuement, un personnage d'alors lui offrit sa protection. « Eh bien! lui dit Latour d'Auvergne, demandez pour moi.... — Un régiment? — Non, une paire de souliers. » Pris par les Anglais, on lui avait laissé ses armes; mais on voulut lui ôter sa cocarde; il la traverse de la lame de son épée et invite ceux qui la voulaient à venir la chercher.

Il y a de lui plusieurs ouvrages estimés. Son livre des *Origines gauloises* est cité.

Il était issu d'une branche bâtarde de la maison de Bouillon; son nom de famille était Corret.

―――

² Redoublons nos efforts ; qu'aux musettes d'Armore ,
　Qu'à leurs chants belliqueux répondent les clairons.

La cornemuse ou musette vient des Celtes; ils avaient adopté l'usage des clairons ou buccines dans leurs guerres avec les Romains. La musette joua un grand rôle dans les guerres de la Vendée. En 1815 , la légion du Finistère avait des musettes à la tête de la compagnie de grenadiers.

―――

³ Chantez , Celtes , chantez , et redoublez encore.

Lorsqu'un étranger arrive dans un village de Basse-Bretagne , les enfans étonnés se rassemblent autour de lui en s'écriant : *Celti,* regarde-le. C'est probablement ce mot qui a valu aux Celtes leur nom. *Bara,* pain, *guin,* vin, sont les mots que les soldats bretons prononçaient en arrivant chez leurs hôtes ; de là les mots français de baragouin, baragouiner, baragouinage. *Petra,* signifie plaît-il, que voulez-vous? On a nommé un *petra* un homme qui ne comprend pas ce que vous lui dites.

Le mois de septembre s'appelle *guengolo,* paille blanche ; celui d'octobre *ère,* travail ; celui de novembre *dù,* noir ; celui de décembre *kdù,* très noir.

La langue bretonne porte le cachet d'une haute antiquité ; elle est riche et ne manque pas d'harmonie. C'est, dit-on, dans le pays de Léon qu'on la parle le mieux ; mais il est facile de prévoir qu'avant peu d'années elle cessera d'être une langue vivante.

Quelques mots français viennent évidemment du celtique : *dys-eit* en breton veut dire manque de grains ; on prononce disette ; *man-kein,* panier à dos, mannequin ; *eden,* jardin de l'homme.

Les Adieux.

✿

Ah ! ne me retiens plus, Méaga, mon amante ;

A l'avenir tout ce jour est donné.

Regarde, la plaine est sanglante,

Déjà le glaive a moissonné.

Pourrais-tu donc m'aimer si, dédaignant la gloire,

Repoussant la main des héros,

Au jour brillant de la victoire

Je goûtais un lâche repos ?

Vois mes aïeux dont le regard terrible

En vain interroge les rangs ;

Vois, ils cherchent leur fils, et ce fils insensible ·
 N'est point parmi les combattans.

Mériadec, aux cris de l'insulaire,
 Semble s'agiter et frémir, ·
 Et sous la roche funéraire
 Son fantôme vient de gémir.

Ah ! laisse-moi ; veux-tu, cruelle,
 Verser l'opprobre sur mon front ?
 Veux-tu d'une tache éternelle
 M'imprimer l'immortel affront ?

Vois-tu cette larme brûlante
 Qui vient de tomber sur ma main ?
 Elle engourdit la main vaillante
 Qui brisait le fer et l'airain.

Si l'Amour est un dieu funeste
Et l'ennemi de la valeur,
Si la honte est tout ce qui reste.
Au guerrier qui donne son cœur,

Je romps la chaîne qui m'engage,
J'abjure son indigne loi ;
Et pour retrouver mon courage,
Méaga, je renonce à toi.

NOTE.

> ¹ Mériadec, aux cris de l'insulaire,
> Semble s'agiter et frémir.

Conan-Mériadec, premier roi breton, vivait vers l'an 383.

L'Étrangère.

Quand les guerriers invoquent la tempête,
Dans la prairie où courent ces pasteurs?
Du sacrifice ils détournent la tête,
  Aux dieux ils n'offrent que des pleurs.

Dans la prairie habite l'étrangère.
Quel est son nom? on l'ignore en ces lieux.
Vierge sacrée, elle embellit la terre,
  Elle pourrait orner les cieux.

C'est au printemps qu'on la voit apparaître;
A son aspect, tout fleurit au vallon;

Et les oiseaux, qui semblent la connaître,
Disent soudain leur plus douce chanson.

A son regard, on dit que la verdure
Sous les frimats étale ses trésors;
Que le torrent adoucit son murmure
Lorsqu'elle vient reposer sur ses bords.

Les dieux aussi chérissent sa présence;
Au bois sacré porte-t-elle ses pas,
La pierre d'or aussitôt se balance, [1]
Et le rameau l'entoure de ses bras. [2]

Des fils d'Albin nous braverons la haine,
Si dans ce jour elle reste avec nous.
  A ma voix, ô gardiens du chêne,
  Rois des forêts, unissez-vous.

✻

NOTES.

¹ La pierre d'or aussitôt se balance.

On voit plusieurs de ces pierres mobiles dans les départemens du Finistère, des Côtes-du-Nord et du Morbihan. Celle qu'on rencontre près de la mer, à Sainte-Anne, entre Lannion et Treguier, est appelée *ar-garrec-ige* (le rocher tremblant). C'est un bloc de granit d'une circonférence de dix mètres sur cinq de hauteur ; sa forme approche de celle d'une poire ; placé sur une petite éminence au bas de laquelle est une maison, il semble continuellement la menacer de sa chute. Un seul homme le met facilement en mouvement.

A peu de distance, à cent toises de la chapelle de Sainte-Anne est un pilier octogone en granit nommé le *Pulven;* il est au milieu d'un champ qui porte son nom ; sa hauteur est de deux mètres vingt centimètres hors de terre ; sa largeur est de cinquante centimètres. Sur la face du midi on aperçoit plusieurs signes représentant des S. Sur la face sud-est sont des lignes droites.

A un quart de lieue nord-nord-est de la même chapelle est un îlot nommé *Ros-min-ar-roch,* qui s'élève en pain de sucre au dessus de la mer; sur son sommet est une masse de rochers appellée *Men-cronguet* (pierre pendue). Au nord-ouest de la même chapelle sont les *inisi Loued* (les îles Moisies). Dans le creux de l'un des rochers, on entend à certaines heures un bruit qui a quelque rapport avec le son de la vielle.

Sur la même côte une pierre énorme forme un pont naturel sous lequel la mer s'engouffre en mugissant.

Sur la grève de Perros est une pierre druidique dont la marée vient baigner la base; elle s'élève de trois mètres au dessus du sol, elle est en granit ordinaire du pays et arrondie; vers le milieu de sa hauteur est un trou d'un pouce et demi de profondeur et assez large pour qu'on y entre facilement le doigt : le fond et les bords en sont lisses et polis par un frottement journalier. Cette pierre passe pour avoir la propriété de guérir plusieurs maladies.

Entre le Guyaudet et Saint-Michel, en grève, on voit un autre rocher au bas duquel est une petite cavité; les habi--tans montent à la cime et font glisser une pièce de monnaie; si elle entre dans le trou, ils obtiendront ce qu'ils désirent, et seront possesseurs de tout l'argent qui a été ainsi jeté : jusqu'à présent nul n'a pu y réussir; il y a sur le rocher une rigole formée par le frottement des pièces que l'on y jette ainsi depuis des siècles.

Dans la commune de *Lass* (du Meurtre), Finistère, on

trouve sur la colline un siége de pierre devant lequel est
une table; c'était là que les anciens chefs rendaient la jus-
tice : l'usage s'en était perpétué jusqu'à la révolution, et
une fois par an la juridiction du fief, représentée par le
sénéchal, allait y juger les différens des habitans.

Sur la route de Saint-Pol de Léon, à Plouescat, est un
rocher où l'on voit l'empreinte d'une griffe : on prétend que
c'est celle du diable qui essaya inutilement de lancer cette
pierre contre la tour de Creïsquer de Saint-Pol de Léon.

La pierre branlante de Huelgoat a sept mètres de haut
sur cinq de large et quatre d'épaisseur; elle est si parfaite-
ment en équilibre, qu'un faible poids, posé sur l'un des
côtés, la fait pencher.

En plusieurs endroits on rencontre des cellules formées
dans le roc; elles ont d'abord été, dit-on, occupées par les
druides et ensuite par des ermites : quelques unes le sont
encore. Les paysans pensent qu'ils tournent le roc à volonté pour ne jamais avoir le vent en face.

Les monumens de pierre plaisent toujours aux Bretons;
on voit le long des routes des croix de granit sur lesquelles
sont sculptés un calice et une hostie : elles indiquent le
chemin de la paroisse et lui appartiennent. Si elles présentent des armoiries, elles sont la propriété du seigneur, et
indiquent le chemin du château. Quelques unes de ces croix
sont placées sur des pierres druidiques; on en montre une

qu'un paysan, dans un accès de dévotion, voulut un jour
embrasser ; il parvint jusqu'au sommet, mais elle se sépara
de la base, tomba sur lui et le tua.

ᵃ Et le rameau l'entoure de ses bras.

Le gui, en breton, *uc-hel-var*, rameau d'en haut. Cambry, *Monumens celtiques*, p. 330. Si le gui a perdu en
Basse-Bretagne la considération dont il jouissait, quelques
autres plantes semblent en avoir hérité. L'herbe d'or,
aour-yeoten, croît dans les plaines ; on l'aperçoit de très
loin ; elle brille comme de l'or : dès qu'on en approche, elle
cesse de briller, et l'on ne peut la trouver ; si elle est dans
la rivière, elle nage contre le courant ; celui qui parvient à
l'obtenir peut se rendre invisible à volonté, il découvre les
trésors, il n'est jamais malade, etc.

Il est une autre herbe qui égare le voyageur qui a marché dessus : le seul moyen de retrouver son chemin est de
retourner son vêtement.

La Prière.

Montrez-vous à nos yeux, déesse du bocage,
Les pasteurs de Léon vous adressent leurs vœux ;
Ah ! ne repoussez pas notre timide hommage ;
Déesse, paraissez, et nous serons heureux.

Nous vous offrons ces fleurs, ces fruits, cette génisse,
Ces agneaux dont le fer n'ouvrira pas le flanc. [1]
O vierge de ces bois, pour nous être propice
Vous ne demandez pas que l'on verse du sang.

Protégez nos moissons, écartez les orages,
Aux rocs de Velleven suspendez les torrens ;
Et dans les noirs détours de leurs antres sauvages,
Enchaînez Taranis et ses fils dévorans. [2]

Que le jars destructeur, que l'amprevan rapace,
De nos vergers fleuris respectent les trésors;[3]
Que l'affreux sanglier et son avide race .
Sur la terre stérile épuisent leurs efforts.

Que l'ongle de l'autour épargne la fauvette,
Qu'au bosquet le filipp répète ses concerts,[4]
Que la fille des champs, la joyeuse alouette,
Paisiblement s'élève au plus brillant des airs.

Ne nous quittez jamais, déesse tutélaire,
Régnez, veillez sur nous, sur ce faible hameau;
De l'avide étranger détournez la colère,
Dans le champ paternel qu'il nous laisse un tombeau!

NOTES.

¹ Nous vous offrons ces fleurs, ces fruits, cette génisse,
Ces agneaux dont le fer n'ouvrira pas le flanc.

Outre les victimes humaines, les Celtes offraient aussi aux dieux des animaux. Pline dit qu'on sacrifiait deux taureaux blancs au pied du chêne où l'on trouvait le gui. De nos jours, les écoliers de quelques cantons de la Basse-Bretagne, à la fête de Saint-Nicolas, égorgent un coq; chacun en prend une plume et ils donnent la tête au maître. A l'époque où les Romains envahirent les Gaules, leur culte commença à se mêler aux cérémonies druidiques. Les noms des jours de la semaine des Bas-Bretons actuels sont comme les nôtres empruntés au paganisme. Les voici:

Di-lun.......... le jour de la Lune.......... *lundi.*
Dè-meurs...... le jour de Mars............ *mardi.*
Dè-mercher.... le jour de Mercure........ *mercredi.*
Dè-jiou......... le jour de Jupiter.......... *jeudi.*
Di-gouèner..... le jour de Vénus.......... *vendredi.*
Dè-sadron...... le jour de Saturne......... *samedi.*
Dè-sul.......... le jour du Soleil.......... *dimanche.*

² Aux rocs de Velleven suspendez les torrens,
  Et dans les noirs détours de leurs antres sauvages
  Enchaînez Taranis et ses fils dévorans.

Rocs de Velleven. Les miroines, rochers vis-à-vis de Morlaix. Taranis, de *taran,* qui chez les Gaulois et les Bas-Bretons signifie encore tonnerre. *Teutates, Taranis, Dis, Nior-
der,* dieux de l'éloquence, de la foudre, de la nuit, des tempêtes ; divinités druidiques. Cæs. *de Bell. Gall.,* l. vi,
c. xvii; *id.,* l. xviii. Lucan. Phars., l. i. Tacit., *Annal.,*
l. i, c. l et lxv. Diod. sicul., l. v. Pomp. mela, l. iii. *Esus*
et *Taranis* étaient adorés sous la forme d'un chêne. Les
Gaulois prétendaient descendre du dieu *Dis. Galli se om-
nes ab dite patre prognatos prædicant idque ab Druidibus
proditum dicunt.* Cæs., *Comm. de bell. Gall.,* l. vi, p. 35.
Dis, selon César, n'était autre que Pluton. Latour d'Auvergne assure que César s'est trompé, qu'il a confondu le
Dis des Romains avec celui des Celtes qui vient de *Deiz,*
jour.

Teutatès était regardé comme l'inventeur des arts, comme
le dieu du commerce. Suivant le Deist de Botidoux, dans
son *Abrégé de l'histoire des Gaules, Teutates* était le même
que Mercure ; en effet, *merch-ur,* en celtique, signifie mar-
chand, et César le désigne sous ce nom de Mercure. Tite
Live, l. xxvi, dit : *Scipio in tumulum obversus quem Mer-
curium Teutatem appellant.* Dom Martin prétend que *Teu-*

tatès vient de *teut,* peuple, et *tad,* père; c'est-à-dire père du peuple. On lui sacrifiait des hommes.

---

[3] Que le jars destructeur, que l'amprevan rapace
De nos vergers fleuris respectent les trésors.

Jars, en breton, oiseau; *amprevan,* ver de terre.

---

[4] Qu'au bosquet le filipp répète ses concerts.

Filipp, le passereau.

Le Sommeil.

Tu dors, Celtos! altérés de carnage,
Les fils d'Albin descendent sur ces bords;
Jusqu'au Belen ils portent le ravage,
Ils sont vainqueurs, ô Celtos, et tu dors!

N'entends-tu pas les hymnes de victoire?
N'entends-tu pas ces sinistres accords?
De ton rival ils ont chanté la gloire,
Ils ont chanté ta défaite, et tu dors!

Ils sont entrés sous ton toit tutélaire,
Et, sur ta tête appelant le trépas,
Ils ont brisé la coupe de ton père :
Eh quoi, Celtos, tu ne t'éveilles pas!

De Caradeuc ils ont rompu la lance,[2]

A l'oiseau noir ils ont livré son corps :

Son sang t'appelle, il demande vengeance,

Son ombre crie, ô Celtos, et tu dors !

NOTES.

¹ Jusqu'au Bélen ils portent le ravage.

Le *Bélen*. Le mont Saint-Michel, consacré à *Belenus*, l'Apollon des Celtes. Daru, *hist. de Bretagne*, t. I, p. 9. *Belenus* vient de *belen*, jaune ou blond. Il était aussi le dieu de la médecine : la jusquiame lui était consacrée.

————

² De Caradeuc ils ont rompu la lance.

Caradoc ou *Caradeuc*, ancien chef breton qui vivait vers l'an 400. On croit que c'est le même que *Conan Mériadec*.

L'Appel.

❋

L'ÉTRANGER n'est pas loin : appelons à la gloire,
Appelons le preux d'autrefois ;
Prends ta harpe, Celtos, et chante sa mémoire,
Il entendra ta voix.

« Assez long-tems, fils de la guerre,
Tu reposas dans la nuit des tombeaux ;
Lève-toi, Caradeuc, soulève enfin la pierre,
Ce n'est pas pour toujours que meurent les héros.

Ton glaive est là, guerrier, voici ta lance ;
A mes accords ton bouclier frémit ;

Ne tarde plus, le jour s'avance,
Entends-tu? ton coursier hennit.

La meute gagne la colline,
Voilà le cerf, viens, c'est l'instant!
Il fuit. Dans la plaine voisine,
Caradeuc, un guerrier t'attend.

Vois Ehyla triste et souffrante,
Vois, elle allume le brasier;
Elle a pleuré, c'est ton amante,
Et tu dors, tu dors, ô guerrier!

A mes accens joins ta prière,
Parle au héros, douce Ehyla,
Viens, nous soulèverons la pierre:
Ton époux, Caradeuc, est là.

A nos vœux il est insensible,

Il aime cet affreux repos;

Il dort encor, ce guerrier si terrible :

Est-ce donc pour toujours que meurent les héros? »

Le Départ.

✤

Partons, amis! au delà de la rive

Ont combattu nos compagnons;

Écoutez-bien! j'entends leur voix plaintive:

Partons!

Ils sont frappés; voyez, leur sang ruissèle;

Voyez, il rougit les sillons.

Vengeance, amis! la gloire est avec elle:

Partons!

A moi, Keret, à moi! que ta nacelle

Nous transporte au pied de ces monts.

A moi, Keret! viens, Ur-Maz-Han t'appelle:

Partons!

7.

Partons, partons, chaque instant qui s'écoule

Atteint l'un des fils des vallons ;

Qu'attendons-nous alors que le sang coule ?

Partons !

Mort à Celtos, mort à sa troupe impie,

L'heure approche, nous combattrons ;

Honneur au preux et gloire à la patrie !

Partons !

De nos rivaux, à la lueur du glaive,

Je vois pâlir les bataillons ;

L'autan se tait et la lune se lève :

Partons !

Le hibou du naufrage a paru sur l'abîme,

Son chant sinistre et précurseur

Annonce que le gouffre attend une victime

  Et nous présage le malheur.

Écoutez, le requin a demandé sa proie,

  Le phoque a découvert son flanc,

Et le lion des mers hurle et bondit de joie

  Dans l'attente de notre sang.

 Partons, amis! au-delà de la rive

  Ont combattu nos compagnons ;

 Écoutez bien! j'entends leur voix plaintive :

  Partons!

Le Riverain.

Invoquez Teutatès, et qu'Ésus nous seconde;
Qu'il égare la main du nocher éperdu.
A nous, dieux de la rive! à nous, soulevez l'onde!
Le vœu du riverain, amis, est entendu.

Voyez sur Plouneour la brume qui s'élève, [1]
La mer tombe et mugit sous les rochers mouvans.
Oui, ce jour sera beau pour l'enfant de la grève;
Un vaisseau près du bord lutte contre les vents. [2]

Sur le récif caché le pilote inhabile
A dirigé la proue; abattez les signaux,

Ne l'avertissez pas ; cette plage stérile
Nous doit depuis long-tems le tribut de ses eaux.

Ce jour va nous donner la joie et l'abondance :
Les flancs de ce vaisseau peut-être sont pleins d'or ;
Calmez de votre cœur la juste impatience,
La mer avant une heure ouvrira son trésor.

Songez qu'à l'Océan on doit un sacrifice,
Et que de l'étranger il réclame le sang.
C'est l'insulaire, amis ; Saauzon !.. qu'il périsse ! [3]
Puisqu'un Dieu le condamne, il n'est pas innocent.

L'onde semble apaisée : est-il quelque victime
Que l'on aurait soustraite à la haine des cieux ?
Des esclaves ! soudain qu'on les rende à l'abîme :
Est-ce à nous à ravir l'héritage des dieux ?

Le navire est frappé, regardez, il s'entr'ouvre ;
Nos pères sont joyeux, entendez-vous leurs cris ?
Le Roc Noir a paru, le Goulven se découvre.....4
Et l'océan vainqueur roule sur des débris.

Mais ces débris bientôt enrichiront la rive :
Aujourd'hui, qui de nous sera le plus heureux ?
Attendez la fortune, à vos pieds elle arrive ;
Chacun aura la part que lui donnent les cieux.

NOTES.

¹ Voyez sur Plouneour la brume qui s'élève.

Plouneour-Très, village du Finistère. *Voyez* la carte de Cassini , f. 156.

---

² Oui, ce jour sera beau pour l'enfant de la grève ;
Un vaisseau près du bord lutte contre les vents.

Les riverains de cette côte sont avec raison redoutés des naufragés : honnêtes gens d'ailleurs, on peut voyager chez eux avec sécurité ; mais ils ne regardent pas comme un vol de s'emparer de ce que la mer apporte ; c'est un don que leur a fait la providence, un revenu qui leur paraît aussi légitime que les fruits de la terre. Les exhortations des curés, les efforts de l'autorité n'ont pu changer encore leur opinion à cet égard ; ils voient de mauvais œil le prêtre qui prêche contre le pillage, ils le considèrent comme un étranger vendu au pouvoir et qui trahit leurs intérêts. Un riverain ira de bonne foi faire dire une messe pour que l'année soit heureuse en naufrages. On les a vus parcourir processionnellement le rivage en chantant les litanies pour obtenir la même faveur.

Voici la description d'un naufrage, écrite par l'auteur,
en 1817, sur le lieu même, et au moment de l'événement.
Voir les journaux de l'époque.

NAUFRAGE SUR LES CÔTES DE LA BASSE-BRETAGNE.

Pontusval, 9 décembre 1817.

« Le ciel est sombre, le vent souffle avec violence, le
murmure sourd et sinistre de la mer annonce la tempête ;
la vague brise contre le rocher ; des masses d'algues mêlées
de coquillages couvrent la grève, et des milliers d'oiseaux
qui attendent le tribut de l'orage, battent les ailes de joie.

« Aucune voile ne paraît, le rivage est désert, sur la
cime du rocher un seul homme, semblable au cormoran,
interroge l'horizon : attend-il le retour d'un père ou d'une
épouse ? non, ses vœux sont funestes. A quelle terre appartient ce fils de la tempête ? Sa chevelure noire, épaisse, est
à moitié recouverte d'une toque bleue, son cou est nu, ses
larges chausses descendent à peine à ses genoux et laissent
voir une jambe musculeuse, son teint est basané, son regard fier.

« Son nom est Kmarhou, le riverain, le pêcheur. Nul des
enfans de l'Armorique n'est plus habile à diriger un canot
et ne connaît mieux l'entrée des golfes et des rivières qui
coupent le rivage.

« Kmarhou est silencieux et attentif, son oreille écoute l'orage, ses yeux percent les ténèbres; les heures s'écoulent, la nuit est horrible, les élémens se heurtent, le tonnerre gronde, la pluie, la grêle battent son visage, il est immobile; il ne se détourne pas; ses regards n'ont pas quitté la mer.

« Quel soin si grand l'attache à cette roche solitaire? je vous le dirai : Une voile a été aperçue au coucher du soleil! le vent porte à la côte, le navire s'efforce en vain de s'éloigner de ce lieu de destruction. Il reparaîtra; les courans, la marée et les vents l'y ramèneront. Kmarhou le sait, il l'attend; car tout ce qu'apporte la mer appartient à l'habitant de la rive, c'est son bien, c'est son héritage.

« Cependant un point noir a bondi sur l'Océan, l'œil d'un étranger l'aurait pris pour un léger nuage chassé par l'ouragan; malgré la nuit, le riverain ne s'y trompe pas; c'est sa proie; mais le naufrage n'est pas encore assuré; le courant n'a pas saisi le navire : il obéit encore à la main du pilote, et si le vent faiblit il est ravi au rivage. Kmarhou joint ses mains avec dévotion, il s'agenouille sur la pierre glacée, il prie avec ferveur! ô Vierge sainte, qu'il périsse ! Kmarhou est pauvre.

« La prière du pêcheur est exaucée; le navire est dans le courant. Kmarhou pousse un cri; quel est ce cri? Est-ce celui de la joie ou de la fureur? Non, c'est un cri étrange

qui ne ressemble à aucun son des tems présens; c'est le
cri des siècles passés, le cri des aïeux, le cri que fit entendre le premier des Celtes lorsqu'il aperçut une proie;
c'est le cri qui dit aux enfans du rivage : Venez tous !

« La ménagère de la chaumière l'a entendu; mais elle
doute encore; n'est-ce qu'un songe heureux ? A demi-sou-
levée sur sa couche, l'œil fixe, respirant à peine, elle
écoute : le cri est répété; le cœur tressaillant d'espérance,
elle éveille son époux et le lui redit à demi-voix. Il s'élance
et saisit un de ces lourds rateaux armés de fer qui servent à
déraciner le goemond; l'épouse est déjà prête, les enfans,
trépignant d'impatience, se pendent à ses vêtemens mal
attachés; toute la famille est en marche : elle passe près de
la pierre druidique, les enfans se pressent avec effroi contre la mère qui se rapproche de son époux; l'époux salue
l'antique monument.

« La grève est déjà couverte d'un peuple immense, le
bâtiment, poussé avec rapidité vers la côte, lutte inutilement
contre sa destinée; rien ne peut le sauver du rivage.

« A la lueur de la lune, on voit les derniers efforts de
l'équipage; on entend les gémissemens des matelots : ils
prient ! vaine prière; Dieu a exaucé le riverain; une vague énorme a soulevé le navire; pendant un instant il semble suspendu; il retombe, il frappe contre le roc : la terre
a retenti d'une exclamation d'alégresse; déjà les agrès rom-

pus sont apportés sur la grève : le fils de la côte les dé-
daigne, il attend des trésors.

« Les naufragés ont mis leur canot à la mer, ils essaient
de gagner la rive, mais en vain ; la mer les en éloigne :
une corde est lancée, ils abordent, ils parlent : l'Armori-
cain a entendu un langage odieux, il a reconnu son antique
ennemi ! Saauzon ! il les rejette dans l'abîme.

« Cependant, chacun veut arriver le premier au bâtiment abandonné ; ils s'élancent dans les flots, ils affrontent
la mort ; le gouffre défend sa conquête ; la vague saisit les
imprudens qui approchent, et menace de les briser sur les
flancs de ce vaisseau, leur but et leur espoir. Enfin un cra-
quement se fait entendre ; la poupe est séparée de la proue,
le navire laisse échapper sa riche cargaison. La mer est à
l'instant couverte de balles, de fûts, de marchandises de
toute espèce.

« Le jour a paru ; cette foule dont les efforts se portent
sur le même point se disperse ; chacun se précipite vers
l'endroit où il croit que la mer sera plus généreuse. L'un
se rappelle le lieu où lors d'un ancien naufrage son père a
trouvé un cadavre riche d'or et d'argent ; il y court et prie
le ciel de lui accorder la même grâce. Quelques barques
légères bravent les dernières convulsions de la tempête et
poursuivent la fortune sur l'Océan même.

« Mille scènes bizarres animent la plage ; là des hommes

boivent à d'énormes barriques; chacun a la sienne et dé-
daigne celle où l'on a déjà puisé; en s'éloignant, il laisse
la liqueur couler sur le sable : un autre s'abreuve d'une
huile fétide et médicinale, il n'en croit pas son goût, car
la mer n'apporte que des boissons rares et exquises.

« Là, des femmes éplorées déchirent leurs vêtemens et
poussent des cris douloureux ; des gardes sont passés et
leur ont arraché leur butin, le don de Dieu.

« Plus loin, et l'avenir hésitera à le croire, un soldat
de son sabre coupe le poignet d'un homme qui refusait de
lâcher sa proie : la main tombe, le riverain avec l'autre
ressaisit son trésor et s'éloigne aux yeux du soldat étonné.

« Chacun fait son lot, nul ne touche à celui de son voisin. Heureuse la famille dont la cabane est proche du rivage ! le transport plus facile lui assure une meilleure part.

« De nouvelles hordes accourent de l'intérieur des terres,
de moment en moment la foule augmente ; mais déjà la mer
ne rapporte plus que quelques morceaux de bois et de cor-
dages. Les derniers arrivés jettent un œil d'envie sur les richesses de leurs frères et pleurent leur tardif réveil.

« Le pillage a cessé, on s'est réuni près des futailles,
la liqueur devient précieuse, elle n'est plus répandue avec
indifférence, on cherche des vases pour l'emporter, et quelques uns unissant leurs efforts, roulent des barriques entières. D'autres, ivres, étendus sur le sable qui les recou-

vre à moitié, chantent et ne voient pas la mer qui approche.

« On regagne la chaumière ; cette troupe chargée de débris, chamarrée d'étoffes précieuses, qui cache mal ses haillons, présente le spectacle d'une fête sauvage ; on reconnaît facilement les sentiers où elle a passé ; le café, le poivre, le girofle, les épices le jonchent et sont foulés aux pieds. Le maréchal veut allumer sa forge avec de l'indigo qu'il prend pour du charbon de terre ; un autre donne de la cochenille à ses pourceaux ; les parfums sont jetés, et la fiole embaumée reçoit l'huile de la lampe ; les tapis de Perse sont coupés en morceaux pour couvrir les lits, et le cachemire enveloppe la vache nourricière ou le veau qui vient de naître.

« Pendant plusieurs jours, tous les travaux de la campagne sont interrompus ; chaque matin la foule retourne au rivage : les débris si dédaignés le premier jour sont maintenant recherchés, la poupe entière qui est restée à sec sur le rivage est brisée et partagée. De ce superbe bâtiment qui dominait les mers et portait tant de richesses, il ne reste plus rien, on ignore son nom, le lieu d'où il venait, où il allait, à qui il appartenait ; mais long-tems après, le riverain se souviendra du beau jour du naufrage. »

[3] C'est l'insulaire, amis, Saauson ! qu'il périsse !

Saauzon, on prononce *Saauzone,* ce qui veut dire Anglais ou ennemis, synonyme parmi les paysans Bas-Bretons. Dès que ce mot est prononcé, c'est ordinairement un arrêt de mort pour les naufragés. Les montagnards d'Écosse désignent les Anglais sous le nom de Sassenachs ou Saxons.

[4] Le Roc Noir a paru, le Goulven se découvre.

Le *Roc Noir,* roche qui apparaît à marée basse. Le *Goulven,* anse voisine de *Plouneour.*

La Tempête.

Larguez, filez la voile, au vent, larguez encore,

    Le brisant siffle, entendez-vóus?

Les élémens unis aux légions d'Armore

    Semblent combattre contre nous.

Lofez, sur le timon la brise furieuse

    Déjà frappe à coups redoublés ;

Ys et tous ses palais, sous la lame écumeuse,

    A nos regards sont révélés. [1]

Cet or et cet argent, qui de nous le demande ?

    Qu'avons-nous besoin de trésors ?

Océan, garde tout, prends ces dons, cette offrande,

    Et ramène-nous sur tes bords.

Permets que je revoie un seul jour ma chaumière,

   Un seul jour le coin du foyer ;

Que je touche une fois le front de mon vieux père,

   Et que ce jour soit le dernier.

Alors je reviendrai sans regret sur la plage

   Me soumettre au triste destin ;

Alors, victime offerte à l'oiseau du carnage,

   Je lui découvrirai mon sein.

Mais tu ne m'entends pas : le ciel impitoyable

   Repousse les vœux du nocher ;

La trombe nous soulève, et sa force indomptable

   Nous entraîne sur le rocher.

Là, sur nous, pour jamais, va se fermer l'abîme,

   Ce gouffre où le plus vaillant dort ;

Si tu ne demandais que moi seul pour victime,
    Sans regret je verrais la mort.

Hélas ! aucun de nous ne touchera la rive
    Où nous attendait le repos,
Et le débris du roc ou l'algue fugitive
    Couvrira le front du héros.

A l'heure du retour, à l'heure fortunée,
    A l'heure des joyeux récits,
La mère, intérrogeant la nef abandonnée,
    En vain demandera son fils.

Déjà je reconnais sur l'onde impatiente
    Le flot qui doit nous engloutir :
Adieu, toi, mon vieux père ; adieu, toi, mon amante ;
    Plus d'espérance, il faut mourir.

NOTE.

¹ Ys et tous ses palais, sous la lame écumeuse,
A nos regards sont révélés.

La ville d'*Ys*, dont on aperçoit, dit on, encore les maisons au fond de la baie de *Douarnenez*, fut submergée par un déluge, sous le règne de Grallon, vers l'an 440. *Hist. de Bretagne*, Daru, t. Ier, p. 70. *Antiquités celtiques*, p. 362. Suivant une autre tradition locale, cette cité était entre Saint-Pol et Brest, sur la côte de Pontusval. D'autres veulent encore qu'elle ait été entre Perros et Morlaix, car chacun réclame l'honneur de l'avoir dans son voisinage. Un jour elle reparaîtra dans toute sa splendeur et avec ses habitans, qui jouissent depuis dès siècles d'une jeunesse inaltérable. Cet événement dépend de plusieurs circonstances qui n'ont pu se réaliser encore. Lors de cette résurrection, celui qui aura le bonheur d'apercevoir le premier la tour sera souverain de la ville et de tout son territoire.

La Chanson.

L'ÉCLAIR brille, l'aquilon gronde,
La nue a vomi le torrent;
La foudre au loin sillonne l'onde,
Et le vaisseau cède au courant.
Amis, ne perdons pas courage,
Le ciel redeviendra serein;
Laissons, laissons gronder l'orage,
Et buvons jusqu'au lendemain.

Peut-être qu'ici la mort veille,
Peut-être qu'elle est à deux pas;
Mais je vois la liqueur vermeille,
Et la mort je ne la vois pas.
Amis, ne perdons pas courage, etc.

Dans l'espérance et la folie

On trouve l'oubli de ses maux;

Le fleuve orageux de la vie

N'est que le chemin du repos.

Amis, ne perdons pas courage, etc.

Pourquoi donc craindre le naufrage?

Mourir est-il un triste sort?

Ah! si la vie est un voyage,

Le tombeau n'est-il pas le port?

Amis, ne perdons pas courage,

Le ciel redeviendra serein;

Laissons, laissons gronder l'orage,

Et buvons jusqu'au lendemain.

L'Espérance.

✦

Sur lui des élémens la rage se déchaîne,
Il lutte en vain contre les flots;
Le jour fuit, le courant l'entraîne,
C'en est fait du fils des héros.

Il appelait la gloire, et sa voile légère
Voguait vers le bord étranger;
Les dieux lui promettaient la guerre,
Son cœur oubliait le danger.

Le roi des ouragans l'attendait sur la rive,
Son œil épiait ses vaisseaux,
Et son haleine destructive
Contre lui soulève les eaux.

Faut-il que le guerrier, quand rien ne peut l'abattre,

    Soit le jouet d'un souffle vain?

    Ah! périra-t-il sans combattre,

    Le plus grand des enfans d'Albin?

Oppose à l'ouragan la force de ton ame,

    O toi, l'espoir des nautoniers;

    Ne tarde plus, saisis la rame,

    Et frappe contre les huniers.

A ces sons redoutés, l'Océan qui menace,

    Ces flots qui portent la terreur

    Viendront expier leur audace

    Et se briser contre ton cœur.

Ils se taisent : déjà l'aile de la mouette,

    Messagère de leur courroux,

Ne s'agite plus sur ta tête ;

Ecoute, ses accens sont doux.

L'arc-en-ciel a brillé, la mer obéissante

S'abaisse sous ton aviron,

Et de la roche mugissante

Déjà je n'entends plus le son.

L'étranger qui disait : « Que le gouffre dévore

« L'imprudent qui brave nos dards ! »

Que dira-t-il, lorsque l'aurore

Lui montrera tes étendards ?

Il baissera le front en agitant sa chaîne.

Puisque l'abîme est sous ta loi,

Que peut-il ? sa vaillance est vaine :

Ur-Maz-Han, la terre est à toi.

NOTE.

« Ils se taisent : déjà l'aile de la mouette,
  Messagère de leur courroux,
  Ne s'agite plus sur ta tête.

Sur les côtes peu fréquentées, les mouettes, les goè-
lands, étonnés de voir l'homme, et attirés par la curiosité,
viennent voltiger autour de lui en poussant des cris bizarres :
c'est surtout à l'approche de la tempête qu'on les voit s'a-
giter et poursuivre le voyageur et le nautonier. Quelques
unes des petites îles désertes de Basse-Bretagne servent de
refuge aux oiseaux de mer, qui y viennent faire leur ponte
au printems ; les riverains vont y chercher des œufs qu'on
y trouve en grande quantité.

La *bernache*, ou plutôt le cravant de Buffon, s'abat
quelquefois en nuée immense ; la mer en est couverte : lorsque la troupe se lève, le bruit de ces millions d'ailes ressemble à celui de la tempête. La *bernache* est un mets es-
timé des Bas-Bretons ; quand le paysan parvenait à la tuer,
il allait la présenter à son seigneur.

L'Aveu.

Le barde dans ses chants a dit que j'étais belle ;
Ah , que je suis heureuse ! Ur-Maz-Han le saura !
Ur-Maz-Han le héros, Ur-Maz-Han le fidèle ;
Il entendra le barde, Ur-Maz-Han m'aimera.

Guerrier, que je voudrais devenir ton amante !
Guerrier, si tu m'aimais, quel serait mon bonheur !
Que je voudrais, ami, presser ta main vaillante,
Et sur mon sein brûlant sentir battre ton cœur !

Ah, qu'un héros est beau ! qu'il est digne de plaire !
C'est en vain que le tems a sillonné son front :
La victoire embellit celui qu'elle préfère,
Et jusqu'au dernier jour ses regards charmeront.

9

Que le lâche se pare, enivré d'espérance,

En vain son teint de rose éclipse le printems.

Où sont donc les hauts faits, les exploits de sa lance?

Qu'a-t-il fait? qui l'a vu parmi les combattans?

Il a dans les forêts blessé le faon timide,

Mais le loup plus vaillant a glacé son ardeur.

Ah! me défendra-t-il d'un ennemi perfide?

A la lueur du glaive il pâlit de terreur.

Ur-Maz-Han seul me plaît, Ur-Maz-Han sait combattre,

Ur-Maz-Han à l'orage oppose un front serein.

Gloire au noble guerrier que rien ne peut abattre,

Il est l'égal des dieux et le roi du destin.

La Rive.

Assez long-tems notre nacelle
A suivi le fleuve incertain,
Amis, le plaisir nous appelle,
Qui sait si nous vivrons demain?
Terminons là notre voyage,
Jouissons enfin d'un beau jour.

    Abordons le rivage,
C'est ici la terre d'amour.

Le soir, la rose belle encore,
Comme le bouton du matin,
Renaît plus belle avec l'aurore
Pour embellir le lendemain.
Terminons là notre voyage, etc.

Ici l'amante nous invite,

Elle a paru sur le coteau ;

A notre aspect son cœur palpite,

Car le plus brave est le plus beau.

Terminons là notre voyage, etc.

Qui sait combattre est sûr de plaire,

Pour le lâche point de plaisir ;

Il n'a rien à lui sur la terre,

Il n'a pas-même un souvenir.

Terminons là notre voyage,

Jouissons enfin d'un beau jour :

Abordons le rivage,

C'est ici la terre d'amour.

La Colline.

Reste avec moi, fille de la vallée,
Ne descends plus de nos joyeux coteaux,
Tu verras mieux cette voûte étoilée,
Palais brillant des ombres des héros.

Tous les vaillans sont fils de la colline,
Et quand le chef les conduit aux combats,
Le vaste champ que ton regard domine,
Ce vaste champ appartient à leur bras.

Au plus heureux, au plus brave est la terre;
Qui tient le glaive a la clef des trésors,

Tout est à lui : quel mur, quelle barrière
Peut résister à ses puissans efforts?

Près du guerrier tes jours sont sans alarmes :
Qui tenterait de troubler ton sommeil?
Tu dormiras à l'ombre de ses armes,
Et sa chanson charmera ton réveil.

Tu n'entendras que des accens de gloire,
Jamais le preux a-t-il maudit le sort?
S'il est vainqueur, il chante sa victoire,
S'il est vaincu, qui le sait? il est mort.

Le Silence.

MARCHONS sans bruit, la nuit nous favorise,
Ne troublons pas leur paisible sommeil,
Voici l'instant, l'instant de la surprise,
Que leur repos n'ait jamais de réveil ;
   Taisez-vous tous ! de la prudence !
   Laissez-moi diriger vos coups ;
   Silence, enfans, faites silence !
   Taisez-vous, amis, taisez-vous !

Avec le jour la trompette guerrière
Au loin fera retentir les échos ;
Avec le jour on verra la bannière
Qui fut toujours le guide des héros ;

Mais taisez-vous ! de la prudence !

Laissez-moi diriger vos coups ;

Silence, enfans, faites silence !

Taisez-vous, amis, taisez-vous !

Le brave aussi quelquefois dissimule,

La ruse encore est permise au guerrier ;

Dans les combats le plus vaillant recule,

L'honneur se couvre aussi du bouclier ;

    Mais taisez-vous ! de la prudence !

    Laissez-moi diriger vos coups ;

    Silence, enfans, faites silence !

    Taisez-vous, amis, taisez-vous !

La Feinte.

Les voyez-vous étendus sur la plage?
Ne sont-ils plus? et, vomis par les flots,
Sont-ils venus demander au rivage
    L'asile des tombeaux?

Leur vaisseau, frappant sur la roche,
N'est déjà plus qu'un vain cercueil;
La voile tombe à notre approche
Ainsi qu'un vêtement de deuil.

Mais du cap que la vague éclaire,
A disparu le cormoran;
Le dauphin, évitant la terre,
A replongé dans l'océan.

D'où vient qu'oubliant sa pâture,
Prévoyant un secret danger,[2]
Le corbeau sur la sépulture
Cesse déjà de voltiger?

Le cruel étranger, dissimulant sa rage,
· Aurait-il feint un perfide sommeil?
Caché sous le linceul, soupirant le carnage,
Songe-t-il un sanglant réveil?

A ses côtés brille le glaive,
Son casque a murmuré des sons:
Voyez, il s'agite, il se lève,
Il vient: amis, nous combattrons.

Approche, fils des mers, tes efforts téméraires
Aujourd'hui t'ont conduit au port,

Tu ne reverras pas la tombe de tes pères
Et tu n'en as point sur ce bord.

Ton œil interrogeant l'espace,
Tu veux t'élancer sur mes pas ;
Vain courage, inutile audace,
O fils des mers, tu périras.

Si Bélénus t'a promis la victoire,
Bélénus a promis en vain,
Et c'est pour servir à ma gloire
Qu'ici t'amène le destin.

NOTES.

[1] Mais du cap, que la vague éclaire,
A disparu le cormoran.

Sur toutes les pointes des rochers de la rive vous aper-
cevez un cormoran solitaire ; il a l'air de penser : si vous
approchez, il s'envole lourdement ; ou croirait qu'il regrette
sa méditation troublée.

---

[2] D'où vient qu'oubliant sa pâture,
Prévoyant un secret danger.

Le corbeau, qui s'approchera sans crainte d'un cadavre,
s'éloigne avec défiance d'un homme endormi.

La Flèche.

Quitte l'esquif, le Léonois s'avance,
Allons, Ar-Bleyz, prends ton arc et suis-moi;[1]
Ne tarde pas, sa dépouille est à toi
Si d'un seul coup il tombe sous ta lance.

Prends ce sentier, évite ses regards,
Son œil est prompt, son souffle est redoutable;
N'affrontons pas de funestes hasards,
Porte de loin un coup inévitable.

La flèche siffle, Ar-Bleyz, il est frappé;
Courons, courons, et tressaillons de joie;
Vois de son sein le râle entrecoupé,
Courons, la mort nous livre notre proie.

Le son s'éteint, déjà de son cornet
Sa faible main laisse échapper la chaîne ;
Il est tombé : son pesant bracelet
Jusqu'à nos pieds a fait bondir l'arène.

Aiguise un trait, je veux l'interroger,
Ouvre son flanc, touche la cicatrice ; [2]
Oui, nous vaincrons, marchons, plus de danger,
Le sang jaillit, le ciel nous est propice.

Teutatès, de l'ame du fort
Reçois l'offrande et protége nos armes,
Je te promets et du sang et des larmes,
Car nous avons gagné le bord.

NOTES.

¹ Allons, Ar-Bleyz, prends ton arc et suis-moi.

Ar-bleyz, le loup, en breton. On ne doit pas perdre de vue que les habitans d'Albin ou d'Albion sont la même race que les Armoricains ; ils ont les mêmes dieux, la même langue, les mêmes usages ; encore aujourd'hui les Gallois et les Bas-Bretons s'entendent. Il ne faut pas d'ailleurs les confondre avec les Scandinaves, adorateurs d'Odin, qui occupaient aussi une partie des îles ; quoique leurs mœurs eussent quelque ressemblance, ce n'était pas le même peuple. Voir à la fin des notes *Swaran*.

————

² Ouvre son flanc, touche la cicatrice,

L'inspection des entrailles des victimes humaines annonçait l'heureux ou le mauvais succès d'une entreprise.

Les Soupirs.

✻

Reine de la prairie, ô vierge d'Ar-Keline,
Le guerrier Ur-Maz-Han est là,
Sa voix dès l'aube a frappé la colline
Et les échos de Daoula.[1]

Les autans se sont tus, la cithare amoureuse
Soudain a frémi sous ses doigts;[2]
La tourterelle incertaine et rêveuse
S'est arrêtée au fond du bois.

Le spectre malfaisant est rentré sous la pierre
Effrayé de ces chants d'amour,

Et le louarn de sa voix funéraire
A cessé d'effrayer le jour. [3]

L'orage est éloigné, le ciel est sans nuage,
Ici tout invite au plaisir,
Et le ruisseau qui coule sous l'ombrage
Semble murmurer un soupir.

Le roi des Kersausons dans la forêt muette
Fuit plus léger que le chevreuil; [4]
Il a gagné sa sauvage retraite,
Il a pleuré contre le seuil.

Et quel mortel pourrait menacer ce que j'aime,
Le charme de mon avenir?
Le chef d'Armore et Bélénus lui-même
Oseraient-ils me la ravir?

O Vierge! je t'attends, ma poitrine est brûlante

Et je sens palpiter mon cœur;

Ne tarde plus, approche, ô mon amante!

L'amour est le prix du vainqueur.

NOTES.

> ¹ Sa voix dès l'aube a frappé la colline
> Et les échos de Daoula.

Le village de *Daoula*, près Brest; *Daoulas*, les deux douleurs, d'où vient *Daou-gloas* ou *Douglas*, nom de plusieurs lieux de la Grande-Bretagne. Cambry, *Monum. celt.*, p. 269.

———

> ² Les autans se sont tus, la cithare amoureuse
> Soudain a frémi sous ses doigts.

La cithare. Les bardes et les druides connaissaient la lyre, la cithare et la harpe.

Bardi cum dulcibus lyræ modulis cantabant.   Am. Marcelin.

———

> ³ Et le louarn de sa voix funéraire
> A cessé d'effrayer le jour.

Le *louarn*, le renard que l'on entend japper pendant la nuit.

———

4 Le roi des Kersausons dans la forêt muette
  Fuit plus léger que le chevreuil.

Entre Saint-Hugonec et Plouvorn (Finistère), est le village de Guiclan où se trouvent les ruines du château des
Kersausons, ancienne famille de Bretagne et l'une des plus
nombreuses. Si vous frappez sur un buisson, dit un proverbe breton, il en sort un Kersauson.

Dans le domaine des Kersausons, une partie des paysans
portaient le même nom; c'était un véritable clan écossais :
il existe encore de ces Kersausons paysans. Les géns du
peuple les respectent et les appellent monsieur. En 1200,
il y avait un Kersauson évèque de Saint-Pol de Léon.

La parenté s'étend très loin en Bretagne ; on y est cousin à un degré qu'on ne connait pas ailleurs; aussi, certaines
familles y sont-elles toujours en deuil. La parenté s'ac-
cepte sans trop de difficulté et toujours sans preuves, lorsqu'il ne s'agit pas d'intérêt : un ouvrier ira réclamer la protection d'un comte ou d'un marquis en lui disant qu'il est
son cousin ; l'homme titré ne s'en formalisera pas, et souvent sur cette simple assurance il deviendra son protecteur.

Il existe des familles de paysans qui sont d'une grande
ancienneté ; celle des Inizans, près de Plouescat, habite la
même ferme depuis quatre cent cinquante ans; une autre
famille des environs est à son quarante-neuvième bail.

Quelques uns de ces fermiers sont très nobles. En venant payer la redevance au maître, ils le saluaient, ils remettaient ensuite leur chapeau, puis prenaient un siége et s'asseyaient. Je suis pauvre, lui disaient-ils ; mais je suis votre égal.

Lorsqu'un gentilhomme breton ne pouvait vivre noblement, il laissait dormir sa noblesse, et il ne dérogeait pas ; il perdait momentanément ses priviléges en embrassant le commerce ; mais dès qu'il avait déclaré qu'il y renonçait, il les retrouvait. Les paysans nobles mettaient leur épée au coin du champ qu'ils labouraient ou sur la charrette de foin qu'ils conduisaient. Il existe encore beaucoup de ces gentilshommes, dont quelques uns appartiennent à des familles historiques, et qui sont laboureurs, artisans ; ils affectionnent surtout les états qui leur permettent d'habiter les environs du manoir de leur père. Les brigades de douanes des îles et du rivage comptent un grand nombre de rameaux de ces vieilles souches ; ils sont en général ignorans, mais braves et fidèles. Après avoir servi quelques années comme marins ou comme soldats, ils reviennent au village demander la place qu'occupait leur père : comme lui, ils vivent pauvres et honnêtes, et toute leur ambition est d'obtenir le même emploi pour leur fils. Considérés des habitans, les plus riches propriétaires ne dédaignent pas de les admettre à leur table, et, dans ces circonstances, leur tenue grave

et décente prouve qu'ils n'ont pas oublié leur origine. Le
dialogue suivant, dont l'auteur fut témoin, fera mieux connaître l'esprit de ces débris de la race celtique.

Les deux frères K.... faisaient partie d'une brigade des
environs de Morlaix ; l'aîné était sous-lieutenant et le cadet
préposé : un jour, ce dernier n'étant pas venu à l'ordre,
le sous-lieutenant fut le trouver, et lui dit : « Je suis étonné,
« chevalier, que vous ne vous soyez pas rendu à votre
« devoir. — Monsieur mon frère, répond le chevalier, je
« sais ce que je vous dois comme mon sous-lieutenant et le
« chef de notre maison, mais je ne puis me rendre à l'or-
« dre, car je ne fais plus partie de votre brigade.—Qu'est-
« il donc arrivé, chevalier ? — Monsieur mon frère, j'ai
« remis ma commission. — Auriez-vous fait une faute,
« chevalier, et manqué à votre service? — Monsieur mon
« frère, vous savez que ce n'est pas l'usage de notre maison,
« mais je veux vivre de mon bien. » Or, ce bien était une
ferme de 250 francs de rente, l'héritage de ses pères.

L'Heure.

❀

CHANTEZ encor, que l'écho du rivage
Porte vos chants au pilote étonné ;
Le torrent gronde, à l'aspect de l'orage
Chantez encor, l'heure n'a pas sonné. '

Laissez encor reposer votre lance,
Laissez encor votre dogue enchaîné ;
N'appelez pas l'instant de la vengeance,
N'appelez pas, l'heure n'a pas sonné.

Buvez encor, buvez, le soleil brille,
Buvez aux dieux, les dieux l'ont ordonné ;

Dans le foyer que la flamme pétille,

Buvez encor, l'heure n'a pas sonné.

Paix! écoutez : du barde de la guerre

La harpe d'or au loin a résonné ;

Il a redit vos exploits à la terre,

Paix! écoutez, l'heure n'a pas sonné.

Gloire au guerrier! qu'il s'arme, l'heure approche;

Déjà la nuit a couvert les vallons,

L'oiseau du soir a chanté sur la roche :

Gloire au guerrier! l'heure sonne, partons!

NOTE.

¹ Chantez encor, l'heure n'a pas sonné.

Avant que les cloches ne fussent connues dans l'Armorique, on s'y servait de pierres appelées pierres *sonnantes :* on en trouve encore près de quelques chapelles, notamment à Saint-Gildas, sur les bords du Blavet : en les frappant avec une masse, on en tirait des sons qui s'entendaient assez loin.

Le Défi.

✿

J'ai franchi le torrent : déjà sur la montagne
Trois fois a retenti le cor,
Nul ne paraît dans la campagne,
Ur-Maz-Han ne vient pas encor.

Qu'est devenu celui que ne pouvaient abattre
Ni le malheur ni les tourmens,
Ce héros qu'on a vu combattre
Contre l'effort des élémens?

Le courage d'un seul étonne sa vaillance,
Son pied craint de fouler ces lieux;

Il fuit à l'aspect de ma lance,
Celui qui menaçait les dieux.

Sait-il donc que Celtos est le roi de la terre,
Que le tonnerre est dans sa main?
Et que le glaive sanguinaire
Vient se briser contre son sein?

Le druide l'a dit : la voix de Kerusore
Au loin a répandu l'effroi;
Et nul, du couchant à l'aurore,
N'ose se lever contre moi.

Prêtre trop imprudent, ta louange funeste
Me voue au repos éternel;
Le sommeil est tout ce qui reste
A celui qui touchait le ciel.

Je ne mourrai donc point au champ de la victoire
    Sur le cadavre des vaincus!
    Le cri du preux, les chants de gloire
    Pour moi ne retentiront plus!

Plus heureux est celui de qui la renommée
    N'a pas laissé de souvenir;
    Jamais sa main n'est désarmée,
    Il peut combattre, il peut mourir.

NOTE.

¹ Le druide l'a dit : la voix de Kerusore
Au loin a répandu l'effroi.

Kerusore ou *Kerusoret.* Il y a un hameau de ce nom près de Plouvorn, entre Morlaix et Saint-Pol de Léon : c'est aussi le nom d'une ancienne famille bretonne.

Le Reproche.

N'entends-tu pas la voix de la trompette,
C'est le signal, il est tems de partir ;
L'éclair brille, la lance est prête,
Le ciel parle, il faut obéir.

Qui t'arrête en ces lieux ? N'as-tu pas dans la plaine
Aperçu le front des soldats ?
N'as-tu pas entendu, sur la rive prochaine,
Retentir le bruit de leurs pas ?

Celtos, te prodiguant l'outrage,
T'appelle à grands cris sur ce bord,
Et dans sa main est le ravage
Et le désespoir et la mort.

Et tu tardes encor! et c'est moi, ton amante,

    Moi qui te dis : voici le jour!

Moi qui viens ranimer ta force chancelante,

    Et t'arracher à mon amour!

N'es-tu pas, Ur-Maz-Han, le roi des funérailles

    Et la terreur de l'étranger?

Ton cœur ne bat-il plus au penser des batailles,

    Au souvenir, à l'aspect du danger?

    Que diront les enfans d'Armore,

    Que dira le Scalde surpris,[2]

    Quand Ur-Maz-Han n'est pas encore

    Où paraissent ses ennemis?

    Ton coursier hennit d'alégresse,

    Il sent le moment approcher,

Et dans sa belliqueuse ivresse
Son pied a frappé le rocher.

Viens, Ur-Maz-Han, le jour s'avance,
Viens, il est tems, ne tarde plus ;
C'est l'heure encor de la vaillance,
Viens, ils ne sont pas tous vaincus.

En vain la rive téméraire
Voudrait arrêter tes vaisseaux,
Les guerriers ouvriront la terre,
Et les dieux y mettront les eaux.

Viens, et j'appellerai les pâles prophétesses,[3]
Elles marcheront devant toi ;
Tes ennemis à leurs voix vengeresses
Tomberont éperdus d'effroi.

Sous les coups du destin si le brave succombe,

    Et si ce jour est le dernier,

    Près de toi je veux dans la tombe

    Sommeiller sur ton bouclier.

Ensemble nous irons errer dans les nuages,

    Parmi les ombres des aïeux;

    Nous marcherons sur les orages,

    Nous reposerons dans les cieux.

    Et là, sous la tente éternelle,

    Les guerriers m'ouvriront leur rang;

    Si je ne suis pas la plus belle,

    Ah! n'es-tu pas le plus vaillant?

NOTES.

¹ N'entends-tu pas la voix de la trompette ?

Alors on sonnait la trompette du grand Teutatès. Marchangy, *Gaule poétique*, t. 1er, p. 59.

---

² Que dira le Scalde surpris ?

Les Scaldes étaient les bardes du nord.

---

³ Viens, et j'appellerai les pâles prophétesses.

L'île de Sein, le mont Belen, étaient le séjour de vierges, de prophétesses qui conjuraient les tempêtes, changeaient les hommes en animaux, ou les sacrifiaient à leur dieu. Pomponius Mela; Pline, liv. xxvi; Cæsar, *de Bello Gallico*; Daru, *hist. de Bret.*, t. Ier, p. 8, 9; La Sauvagère, *Antiquités de la Gaule*.

La Confiance.

N'invoque pas Ésus : celui qui tient la lance
Et qui porte un cœur généreux,
Celui qu'anime l'espérance,
N'a pas besoin des dieux.

Quand la terre ébranlée est prête à se dissoudre,
Quand la montagne ouvre son sein,
Sur son front éclate la foudre
Et son cœur est serein.

Qu'a-t-il à redouter? il règne, il sait combattre,
Il a subi les coups du sort;

Quelle puissance peut abattre
Celui qui ne craint pas la mort?

Sa main d'une ombre tutélaire
Couvre les enfans des vallons,
La lueur de son glaive éclaire
Les exploits de ses compagnons.

L'esprit qui jamais ne sommeille,
L'esprit sanglant, spectre vengeur,
Soit qu'il repose, soit qu'il veille,
Osera-t-il troubler son cœur?

Le duse, oubliant la cadence,
Immobile sous le taillis,
A son aspect cesse sa danse
Et le triste éclat de ses ris.

Le nain malicieux qui veille sur la roche,
　　La fée au regard séducteur,
　　Silencieux à son approche,
　　N'appellent plus le voyageur.

　　L'océan qu'agite l'orage,
　　Dès qu'il a paru sur le bord,
　　Frémissant, enchaîne sa rage,
　　Et lui dit : c'est ici le port.

Tu le vois donc, au vaillant est la terre,
　　Et le brave est l'égal des dieux ;
　　A ton épée adresse ta prière,
　　Esus exaucera tes vœux.

NOTES.

¹ Le duse, oubliant la cadence,

Duses, dusü, follets qui habitent les taillis : on les voit, à minuit, se tenir par la main et tourner avec rapidité. *Voyez* Cambry, *Monumens celtiques,* p. 3.

---

² Le nain malicieux qui veille sur la roche.

Cornandon en breton. Les nains jouent un grand rôle dans toutes les traditions bretonnes : quelquefois on les aperçoit comptant des pièces d'or au soleil, et l'on peut s'en emparer lorsqu'on est muni d'un liard percé; mais leur rencontre n'est pas toujours sans danger ; ils se plaisent à égarer le voyageur, à lui jouer de mauvais tours. Le nain ou l'esprit de Tenzarpouliet, se tient près d'un petit pont de pierre, fort étroit, à l'entrée d'un des faubourgs de Morlaix ; il faut lui demander la permission de passer, faute de quoi il vous fait tomber dans l'eau. Lorsque vous avez traversé le pont, une colline se présente ; si vous montez, le nain s'amuse à vous repousser : vous ne le voyez pas, mais vous sentez sa présence à la fatigue que vous éprouvez. Dans quelques cantons l'on croit que l'intérieur de la terre renferme un peuple de Cornandons ou nains, et des rats énormes, dans les trous desquels un homme à cheval pourrait entrer : l'on en aperçoit souvent l'ouverture, et si l'on pouvait pénétrer jusqu'au fond, on trouverait de grandes richesses. Les ossemens gigantesques que l'on rencontre sont ceux de ces rats ; comme ils multiplient continuellement, ils finiront par ronger le centre de la terre ; un jour la surface s'ouvrira et les hommes seront engloutis.

Avant la tempête, les matelots aperçoivent un nain blanc qui danse sur les rochers.

Le Hibou.

Oiseau des nuits, de tes cris funéraires
Frappe l'écho, fais retentir les monts,
Chante la mort, célèbre ses mystères,
Mon cœur se plaît à tes tristes chansons ;
Sombre hibou, le trépas est ta fête,
Les jours de deuil sont pour toi les beaux jours ;
Près de la tombe où repose ma tête
Viens folâtrer, viens dire tes amours.
Éveillez-vous, enfans de la poussière,
Levez-vous tous, venez tous écouter ;
Pour l'un de nous voici l'heure dernière :
Éveillez-vous, l'oiseau vient de chanter.

Lorsqu'à minuit des funèbres demeures

Parfois s'élève un fantôme poudreux,

Quand tout pâlit, tout fuit, seul tu demeures,

Seul tu souris, seul tu sembles heureux.

Avec amour ton aile caressante

Va du linceul soulever les lambeaux,

Et sans effroi ta voix retentissante

S'unit aux cris de ce fils des tombeaux.

Éveillez-vous, enfans de la poussière,

Levez-vous tous, venez tous écouter;

Pour l'un de nous voici l'heure dernière :

Éveillez-vous, l'oiseau vient de chanter.

Ton œil perçant sait lire dans l'espace,

Hôte fidèle au chevet des mourans;

Au jour marqué tu viens prendre ta place,

Contempler l'homme à ses derniers momens.

Lorsque la mort plane sur sa victime,

Barde du soir, tu chantes sur le seuil,

Et tes accens annoncent à l'abîme

L'instant fatal de l'élu du cercueil.

Éveillez-vous, enfans de la poussière,

Levez-vous tous, venez tous écouter ;

Pour l'un de nous voici l'heure dernière :

Éveillez-vous, l'oiseau vient de chanter.

Le Présage.

Kaczonir a chanté, fuyez, brisez vos armes,
Ce n'est pas un signal trompeur ;
Kaczonir a chanté, quelqu'un verse des larmes,
Sa joie annonce le malheur.

Quel guerrier en ce jour tombera sous le glaive ?
Pour qui s'ouvrira le tombeau ?
Kaczonir a chanté, ce n'est pas un vain rêve,
Voyez, il monte le coteau.

O barde de la mort, noir enfant des ténèbres !
Quel esclave ou quel conquérant

Écoute sans frémir tes chants tristes, funèbres,
    Semblables au cri du mourant?

Je t'entendis ce jour où la mer en furie
    Trois fois s'élança sur nos champs;
Je t'entendis encor ce jour où la patrie
    A vu succomber ses enfans.

Et la nuit de douleur, cette nuit où l'abîme
    Saisit le dernier des héros;
La veille tu chantais, tu voyais la victime
    Et tu souriais à ses maux.

Malheur à la colline! où ta tête repose
    La fertilité disparaît;
Ton aspect odieux a desséché la rose
    Et brûlé l'herbe du bosquet.

Kaczonir a chanté, fuyez, brisez vos armes!

Ce n'est pas un signal trompeur;

Kaczonir a chanté, quelqu'un verse des larmes;

Ce jour est un jour de malheur.

La Peur.

Quelle indigne terreur t'agite,
Fille d'Audren, ô mon amour!
Ta voix se tait, ton cœur palpite,
Et tes vœux appellent le jour.

Doit-elle craindre quelque chose
L'amante du guerrier?
Repose, ô Méaga, repose
A l'ombre de mon bouclier.

En vain l'orage est sur nos têtes,
Le vent fait parler les échos,
Et déjà l'ange des tempêtes
De son aile agite les flots.

La Saronide échevelée ²

A grands cris invoque la mort.

Près de la victime immolée

Le loup veille, le gardien dort.

En vain, de la rive étrangère,

S'élancent les noirs bataillons;

Leurs pas, ainsi que le tonnerre,

Ont fait retentir les vallons.

Doit-elle craindre quelque chose

L'amante du guerrier?

Repose, ô Méaga, repose

A l'ombre de mon bouclier.

148

NOTES.

¹ Fille d'Audren, ô mon amour !

Audren, roi de Bretagne, qui mourut en 464. *Hist. de Bret.*, Daru, tom. 1ᵉʳ, p. 76. Le bourg de Chatel-Audren, près Saint-Brieux, porte encore son nom.

---

² La Saronide échevelée.

Amm. Marcell., lib. 13; Egas., *Bull. hist. veter;* *Acad. gall. druid.*; Friekis, *Comment. de Druid.*, l. 1; Diod. Sicil., lib. v.

La Menace.

Il saisit la hache, il s'avance !
Sombre étranger, malheur à toi ;
A ton orgueilleuse espérance
Succéderont des cris d'effroi.

Fuyant bientôt vers la nacelle
Que tu cachas sous le rocher,
Ta main à la plage rebelle
Vainement voudra l'arracher,

Partout en butte à la tempête,
Chassé de déserts en déserts,
Tremblant, tu courberas la tête
Et tu demanderas des fers..

Mais la mort seule est ton refuge.

A ton arrêt viens obéir;

Le glaive est prêt, il est ton juge;

Tu fus vaincu, tu dois mourir.

La Réponse.

Fils des combats, venez en foule :
Au champ des preux serez-vous les derniers?
C'est aujourd'hui que le sang coule :
Nous briserons des boucliers.

Viens, ô reine de la prairie !
Viens guider le mourant vers la tente des dieux,
Ne tarde plus ; du guerrier généreux
Le ciel est la patrie.

Quittez la rame, ô nautoniers !
Marchez, ornemens des batailles,

C'est le grand jour des funérailles :
Nous briserons des boucliers.

Marchez aux rayons de ma lance ;
Marchez, la gloire est sur vos pas :
Ou la victoire, ou le trépas !
Telle est notre espérance.

Que la hache ouvre les sentiers ;
C'est aujourd'hui que Taranis s'éveille.
Malheur au brave qui sommeille !
Nous briserons des boucliers.

NOTE.

> ¹ Viens guider le mourant vers la tente des dieux.

Tradition que les Celtes tenaient des Scandinaves.

Ysah.

L'herbe est vermeille, une armure est brisée,
Un cri sinistre a frappé la forêt,
   Ur-Maz-Han n'est pas au banquet,
   Et la nacelle est embrasée.

Quand l'étrangère a régné dans son cœur,
Il ne fut plus chéri de la victoire,
Et dans ce jour, il dit avec douleur :
Qu'aimer Ysah, c'était aimer la gloire.

Aux champs d'Arven, sous son glaive brillant,
Monts orgueilleux de la Calédonie
Vous fléchissiez; mais il était vaillant,
Car il t'aimait, fille de la patrie.

De l'océan il a dompté les flots.

Quand il venait des confins d'Inistore, '

La main d'un dieu soutenait ses vaisseaux,

O noble Ysah, car il t'aimait encore.

Reviens, Isah, viens, reine des amours,

Ramène ici l'honneur et la victoire;

Pour l'infidèle il n'est plus de beaux jours,

Aimer Ysah, c'était aimer la gloire.

NOTE.

¹ Quand il venait des confins d'Inistore.

Inistore, ancien nom des Iles Orcades. *Voir* à la fin des notes.

Le Doute.

❊

Ysah, le chef n'est plus ; le chef a craint le fort ;
Ysah, mon bouclier est resté dans la plaine :
Celtos va triompher ; je fais un vain effort,
L'opprobre est sur mon front, j'ai mérité ta haine.

O fille des héros, tu ne peux plus m'aimer,
Ton cœur, ton noble cœur est le prix de la gloire ;
Celui-là seul est beau, digne de te charmer,
Qui paraît à tes yeux orné de la victoire.

Hier, heureux encor, le barde des combats
Mêlait mon nom fameux aux accens de la guerre ;
Aujourd'hui, sans honneur, indigne du trépas,
Le conquérant fléchit, son glaive est sur la terre.

A quoi m'auront servi mes antiques exploits?

A parer mon rival d'une palme plus belle;

Je n'ai versé mon sang et vaincu tant de fois,

Que pour rendre aujourd'hui ma défaite immortelle.

La Défaite.

Hate-toi, donne-moi la mort,
Frappe ; je suis sur la poussière ;
Ésus me livre à ta colère,
Et je cède à l'arrêt du sort.

Prends mon casque, mon glaive, ah! prends aussi ma lance,
Celtos, mes armes sont à toi ;
C'était le prix de la vaillance,
Et tu fus plus heureux que moi.

Je suis vaincu, c'est assez pour ta gloire :
Vas, dès ce jour, tu n'as plus de rivaux,

Et ton nom digne de mémoire
Est inscrit parmi les héros.

Ur-Maz-Han, ton fier adversaire,
Ce terrible roi des combats,
Est maintenant étendu sur la terre,
Courbé sous le poids de ton bras.

Malheureux fut le jour où quittant le rivage
Je vins descendre sur ces bords !
Mon cœur était puissant ; inutile courage,
Les dieux repoussaient mes efforts.

Serais-tu triomphant si la main immortelle
Pour toi n'avait pas combattu ?
Oui, c'est à toi que j'en appelle,
A toi, Celtos, qui m'as vaincu.

Pour dire au monde ta victoire,

O Celtos, s'il n'est que ta voix,

Ah ! quel guerrier osera croire

A de si glorieux exploits ?

Le barde pourra-t-il à la race future

Transmettre des faits inconnus ?

Vainement, montrant mon armure,

Tu diras : le héros n'est plus.

Où sont donc les témoins de ce combat terrible ?

Est-ce le chêne ou le roseau ?

Est-ce la bruyère insensible ?

Est-ce la rive du ruisseau ?

Ah ! ce ne sera point ma tombe solitaire !

Mon cadavre silencieux

Ne soulèvera point la pierre
Pour révéler un secret odieux.

Que dis-je? avide de vengeance
Mon spectre attaché sur tes pas,
Appelant sur toi la souffrance,
Te conduira lentement au trépas.

Plus de repos quand sur ta tête
Retentira la voix des vents;
Parmi les cris de la tempête
Tu reconnaîtras mes accens.

Dans le murmure du feuillage,
Dans le frémissement des eaux,
Ton cœur agité par l'orage
N'entendra plus que des sanglots.

Et quand, à l'heure du mystère,

Apparaîtra l'astre du soir,

Couvert de mon drap mortuaire,

O Celtos, tu croiras me voir.

La Mort.

Tu fus vaincu, tu dois cesser de vivre,
   Hoël a donné le signal;
   De ton sang qu'aujourd'hui s'enivre
   Le rivage de Pontusval. [1]

   Pourquoi tarder? sous la feuillée
   Le vautour attend son repas,
   Et, la poitrine dépouillée,
   La semnothée étend le bras. [2]

   Le torrent fait rouler la pierre
   Qui bientôt couvrira ton front,

Et je vois la tige du lierre
Qui se détache et qui se rompt.

Le dieu jaloux de ton courage
Se plaint que je ne frappe pas;
Il est assis sur le nuage
Pour applaudir à ton trépas.

C'est là ta dernière demeure;
Pourquoi détournes-tu les yeux?
Il faut que le plus vaillant meure :
Quel mortel fut toujours heureux?

Ah! celui-là seul est à plaindre
Dont le destin est inconnu;
Mais cet oubli, peux-tu le craindre
Lorsque c'est moi qui t'ai vaincu?

Meurs, et que ton ombre plaintive

Aille redire à l'étranger

Que je suis encor sur la rive,

Et que son bras peut te venger.

NOTES.

¹ Le rivage de Pontusval.

Il y a un village de ce nom entre Saint-Pol et Brest.

---

² Et, la poitrine dépouillée ,
La semnothée étend le bras.

C'est là que ces terribles semnothées, le front ceint de feuilles de chêne et du bandeau étoilé, emblême de l'apothéose , viennent chercher le gui sacré. Marchangy, *Gaule poétique*, tom. 1ᵉʳ, p. 68.

Le Triomphe.

Où donc est ce guerrier, souverain du rivage,

Qui devait nous donner des fers?

Dont le souffle comme l'orage

Pouvait ébranler l'univers?

Où donc est-il? où donc est son courage?

Où sont ses terribles enfans?

Nos coursiers paissent sur la plage

Et nos troupeaux couvrent les champs.

Ainsi qu'un brillant météore

Son épée éclairait les mers,

L'adremare au cornet sonore

Le célébrait dans ses concerts. '

Sa voix, s'élevant sur l'abîme,

Mugissait comme l'ouragan,

Son fier regard, son front sublime

Semblaient dominer l'Océan.

Mais à notre aspect sur la rive

Déjà son cœur était vaincu,

Et tel qu'une ombre fugitive

Le héros avait disparu.

Maintenant quel sombre silence,

Quel calme règne dans les rangs!

Où sont les étendards? où donc est la puissance

De ces superbes conquérans?

Les voyez-vous, gisant sur la poussière,

Implorant la paix du cercueil?

Le mailhard chantera leur hymne funéraire,[2]
   Ses ailes seront leur linceuil.

    Leur ombre, pâle, désolée,
    S'élançant à travers les flots,
    En vain cherchera la vallée
    Dernier asile des héros.

   Il n'en est pas pour celui qui succombe;
   Le monument est le prix du vainqueur;
    On ne dit pas : « Voici sa tombe ! »
    S'il n'avait pas un noble cœur.

Toi, chef! ô toi, Celtos! ah! que ton nom terrible
   Soit désormais le signal des combats,
    Qu'il rende à jamais invincible
    Celui qui marche sur tes pas.

Qu'au tems futur, éperdue et tremblante,
La mère, à ce nom redouté,
Sur sa poitrine défaillante
Serre son fils épouvanté.

Tu fus le plus vaillant au cœur de la plus belle,
Le ciel a reconnu tes droits ;
Tu fus le plus vaillant, elle sera fidèle
Au souvenir de tes exploits.

Heureux qui tient le glaive! il vit dans la mémoire,
Il est à l'abri des revers ;
Cher aux mortels, brillant de gloire,
Il est le roi de l'univers.

Et nous, ses compagnons, nous, aussi les plus braves,
Nous les héritiers du roc noir, [3]

Portés sur le front des esclaves,

Au banquet allons nous asseoir.

Que la liqueur à la teinte dorée,

Que le bryto coule à grands flots,[4]

Et que la prêtresse inspirée

Dise à la terre nos travaux.

Contre nos dards il n'est plus de défenses,

Il n'est plus pour nous d'immortel ;

Et de la pointe de nos lances

Nous pourrions soutenir le ciel.

NOTES.

¹ L'adremarc au cornet sonore
Le célébrait dans ses concerts.

Adremarc, gardiens de chênes. *Mar*, gardien ; *a*, de ;
dero, chênes.

² Le mailhard chantera leur hymne funéraire.

Expression de mépris. Le *mailhard* en breton veut dire
canard. Il y a une ancienne famille de ce nom.

Le cordelier Olivier Mailhard était Breton ; il vivait sous
Louis XI. Un jour, ayant dit en chaire quelques vérités trop
hardies, le roi le fit menacer de le jeter à la rivière. Il répondit à l'envoyé : « Va dire à ton maître que j'arriverai
« plus tôt en paradis par eau, que lui avec ses chevaux de
« poste. » Louis XI venait d'établir la poste en France.

³ Nous, les héritiers du roc noir.

Un duc de Bretagne disait qu'il avait dans ses états une
pierre qu'il estimait plus que tous les joyaux de la couronne
de France. C'est un rocher situé sur la côte de Léon où

15.

chaque année un grand nombre de bâtimens viennent se
briser.

----

⁴ Que le bryto coule à grands flots.

Espèce de liqueur fermentée qui était la boisson des anciens bretons. D'Argentré, dans son *Histoire de Bretagne,*
tome Ier, p. 12, s'exprime ainsi. Forcatel dit que « Bri-
« tannia vient de Brytô, qui signifie une certaine potion
« dont usaient les antiques habitans. »

Les Captifs.

Tous ils sont endormis ; vois , j'ai brisé ma chaîne.

Rien , dans ce triste lieu, n'arrête plus nos pas ;

J'aperçois la forêt, et la nuit est prochaine ;

Profitons du moment, fuyons, ne tardons pas.

Prends garde en te levant de toucher cette armure,

Son cliquetis fatal les éveillerait tous :

Silence ! crains ce dogue.. il nous suit, il murmure...

D'un geste caressant apaise son courroux.

Un glaive est à tes pieds, hâte-toi de le prendre,

C'est un présent du ciel, un dieu vient nous l'offrir ;

Contre tant d'ennemis s'il ne sait nous défendre,

Il peut, il peut du moins nous aider à mourir.

Partons. O dieu, tes pas font crier la bruyère ;

Doucement : songes-y, leur réveil est la mort ;

Songe à la liberté qui nous était si chère,

Songe qu'elle est le prix de ce dernier effort.

Paix ! un coursier hennit..., cache-toi sous l'ombrage,

Ce buisson protecteur nous dérobe à leurs yeux ;

Si nous pouvons gagner l'épaisseur du feuillage,

Le péril est passé, nous bénirons les dieux.

Mais je n'entends plus rien..., ils reposent encore ;

Tout nous seconde, ami ; mon cœur est plein d'espoir,

Le soleil est éteint, le ciel se décolore,

Je vois les premiers feux de l'étoile du soir.

Un seul instant, un seul, et libres sur la terre,
L'univers est à nous. Dans les rangs des guerriers
Nous reprendrons la lance, et notre cri de guerre
Va se mêler encor au son des boucliers.

Le cor a retenti, j'entends le bruit des armes,
Notre fuite est connue, ils ont lancé ce trait;
Inutiles efforts! gloire aux dieux, plus d'alarmes,
La nuit couvre la plaine, et voici la forêt.

Le Loup.

J'ai repoussé le loup dans la lande voisine ;
  Il venait disperser tes os,
Noble Ur-Maz-Han ; sommeille au pied de la colline,
  Rien ne troublera ton repos.

Le fantôme importun de son cri lamentable
  Ici ne te poursuivra pas.
Le héros qui n'est plus est encor redoutable ;
  Il vit au delà du trépas.

Il n'est pas de mortel dont le pied téméraire
  Oserait fouler ton cercueil,

Ou ton bras indigné soulèverait la pierre
    Pour l'entourer de ton lincéuil.

La veille du combat, le maître du carnage,
    Pour réveiller le cœur des preux,
    Les conduira près du rivage
    Ou tu triomphais avec eux.

Le druide a parlé, la verveine s'agite; [1]
    De la pointe de Toullinguet, [2]
    Appelant ses fils au banquet,
    Le noir goric se précipite. [3]

    J'entends le sifflement des dards :
    Ami, c'est un heureux présage ;
    Ton ennemi, vers l'autre plage,
    Tremblant, a tourné ses regards,

Il est vaincu ! le cri de la vengeance

Déjà retentit jusqu'aux cieux ;

Et le barde de l'espérance

Rêve des chants harmonieux.

Demain l'Aufène qui bouillonne [4]

Portera ses membres épars,

Et les frimas et les brouillards

Demain formeront sa couronne.

Cesse donc, cesse de gémir,

Et je calmerai ta souffrance ;

Ma voix, célébrant ta vaillance,

Retentira dans l'avenir.

NOTES.

¹ Le druide a parlé, la verveine s'agite.

Verveine, vient du breton *var,* branche, et *penn,* tête, c'est-à-dire herbe de la tête. Cambry, p. 332, *Monumens celtiques.*

---

² De la pointe de Toullinguet.

Toullinguet, lieu célèbre par le grand nombre de pierres druidiques qui s'y trouvent.

---

³ Appelant ses fils au banquet,
Le noir goric se précipite.

Les gorics, les crions, génies, petits démons qui dansent la nuit autour des pierres druidiques. Quand un voyageur est surpris par eux, ils le font danser jusqu'à ce qu'il tombe au bruit de leurs éclats de rire. *Monumens celtiques,* p. 3.

---

⁴ Demain, l'Aufène qui bouillonne.

Ancien nom de l'Aulne, rivière du Finistère.

La Lune.

Le jour n'est plus, et les nuages
Entourent la tête des monts;
Un bruit précurseur des orages
A fait retentir les vallons :
Ces voix de la forêt lointaine
Ne sont pas celles des vivans,
Et déjà la feuille du chêne
Frémit à l'approche des vents.

Aquilon, je sens ton haleine;
Les élémens sont confondus.
Je vois s'avancer dans la plaine
L'ombre d'un guerrier qui n'est plus.
A son aspect l'onde est sanglante;

La lune semble se cacher :

Je vois sur sa trace brûlante

La verdure se dessécher. '

Le ruisseau tristement murmure;

L'astre s'éteint, le ciel est noir,

Et sur l'antique sépulture

Le fantôme vient de s'asseoir :

Ah! que son regard est terrible!

Entendez-vous la voix qui fuit?

Il s'éloigne; tout est paisible,

L'onde se tait, la lune luit.

———

Éveillez-vous, enfans de la poussière;

Levez-vous tous, venez tous écouter;

Pour l'un de nous, voici l'heure dernière!

Éveillez-vous, l'oiseau vient de chanter.

✳

NOTE.

> Je vois sur sa trace brûlante
> La verdure se dessécher.

Les traces jaunes que l'on aperçoit quelquefois sur l'herbe, annoncent qu'un fantôme, un être de l'autre monde a passé là.

Le Sanglot.

Toutes les nuits, une voix funéraire
Se fait, hélas! entendre en ces vallons.
Ne troublez pas l'effroyable mystère,
Et suspendez vos jeux et vos chansons.

Cessez, cessez de danser sous l'ombrage,
Du jabadeau de presser les détours; '
Que le bignou, muet sous le bocage,
Ne dise plus la ronde des amours.

Voici l'instant; enfans, faites silence;
Paix, écoutez... le spectre est près de nous.
Ce bruit sinistre annonce sa présence.
Ciel! un sanglot... Silence... entendez-vous?

16.

N'appelez pas ; le fantôme, peut-être,

Viendrait punir votre témérité ;

Il m'a semblé déjà voir apparaître

Sur votre tête un bras ensanglanté.

Il rentrera dans les sombres demeures,

Il cessera ses funestes accens.

Lorsque la lune aura marqué dix heures,

Alors, amis, nous reprendrons nos chants.

NOTE.

¹ Cessez, cessez de danser sous l'ombrage,
Du jabadeau de presser les détours.

Les danses des Bas-Bretons ont le caractère d'une haute antiquité, et probablement les airs et les figures en sont les mêmes qu'au tems des druides ; leurs chants, toujours en mineur, ont quelque chose de bizarre qui attache et étonne. Ils dansent avec gravité ; les femmes ont les yeux baissés, et les hommes sont sérieux ; personne ne se douterait qu'ils s'amusent ; cependant aucun peuple n'a porté plus loin la passion de la danse ; on les voit dans les villes, même sur les places publiques, sur la pierre, danser des heures entières, exposés à la pluie. Une de leurs danses, le jabadeau, lorsqu'elle est formée par un grand nombre d'individus, ne manque pas de grace et même de majesté. Un premier cercle est composé tout entier d'hommes, le deuxième de femmes, et ainsi de suite. Ils sont à quelque distance les uns des autres, leurs mains mêmes ne se rapprochent pas; on croirait presque voir une pompe religieuse.

L'orchestre est un bignou ou bigniou (cornemuse), une bombarde, espèce de hautbois, un tambourin ; quelquefois on y ajoute une vielle.

Aux environs de Landerneau, il y a une autre danse :
tous les danseurs, hommes et femmes, se tiennent la main ;
le premier en tête entraîne la file qui est obligée de le suivre ; la mesure est vive , et cette ligne de danseurs comme
un long serpent se plie et se replie en cent façons, selon le
caprice ou l'art de celui qui la guide.

Après la danse, l'homme reste immobile et silencieux
devant sa danseuse qui, de son côté, demeure les yeux
baissés et sans parler : elle ne se retire que lorsqu'il a touché légèrement son chapeau.

S'il se promène avec elle, il prend l'extrémité du long
ruban qu'elle porte à la ceinture et le roule jusqu'à ce que
sa main la touche ; la jeune fille lui frappe alors légèrement
le bras, il laisse échapper le ruban et il recommence à le
rouler.

Il est une autre danse dans laquelle les figurantes ont
sur la tête un vase rempli de sable et de fleurs : ces vases,
très lourds et souvent hauts de deux pieds, sont posés en
équilibre ; on n'invite pas ces danseuses, elles ont le droit
de choisir leur cavalier ; si quelqu'une laisse tomber son
vase elle est l'objet des sarcasmes de tous les assistans. On
a vu quelquefois deux villages se disputer ainsi le prix, et
les jeunes filles combattre de légèreté et d'adresse. Cette
espèce de danse a ordinairement lieu quand on construit
une aire.

Lors de la fête d'un village, le bigniou et la bombarde
vont l'annoncer à la ville voisine ; deux couples suivent les
musiciens, et dansent devant la porte de ceux à qui ils
veulent faire honneur, et on y attache une couronne de
feuillage.

L'Avis.

Garde-toi d'approcher du pin de Lambadère,

    Celtos ! un spectre est dans ces lieux ;

Le héros peut braver les enfans de la terre,

    Mais non pas défier les dieux.

A quoi te serviront et le glaive et la lance

    Et tous les efforts de ton bras ?

    Celtos, que pourra ta vaillance

    Contre l'ennemi qui n'est pas ?

Tu frapperas... L'ombre insensible,
Se riant de ton vain courroux,
Plus menaçante, plus terrible,
Soudain renaîtra sous tes coups.

Pourras-tu supporter ce souffle qui dévore
Et ce regard étincelant?
Ah! quel guerrier peut dire encore
Que tous les jours il fut vaillant?

Le monarque comme l'esclave
Est soumis à la loi du sort;
Le plus timide ou le plus brave
Sourira-t-il devant la mort?

Si l'espérance de la gloire
Lui présente un doux avenir;

b

S'il voit après lui la victoire,

Il sait combattre, il sait mourir.

Mais, contre une froide poussière,

Contre l'habitant des tombeaux,

Il n'est pas de bras téméraire ;

Celtos, il n'est pas de héros.

Et si le spectre dans sa rage

Sur toi répandait son poison,

Bientôt, le front ceint d'un nuage,

Celtos, tu perdrais la raison. [2]

Malheureux est celui qu'un prestige funeste

Tient enchaîné sous son pouvoir !

Plus de repos : il ne lui reste .

Que l'angoisse du désespoir.

Cris superflus, triste victime,

Le sort a tracé son arrêt;

Celtos, dans le fond de l'abîme

Regarde! ton cercueil est prêt.

NOTES.

¹ Garde-toi d'approcher du pin de Lambadère.

Lambadère, village à peu de distance de Saint-Pol-de-Léon.

---

² Et si le spectre dans sa rage
   Sur toi répandait son poison,
   Bientôt, le front ceint d'un nuage,
   Celtos, tu perdrais la raison.

D'après le préjugé populaire, lorsque le spectre vous a touché, on perd la raison, on languit et l'on meurt. Il est un fantôme particulièrement redouté dans les campagnes, c'est la *Scrigerez-nooz*, la crieuse des nuits, qui vous poursuit en poussant des gémissemens plaintifs.

La Tristesse.

✿

VAINEMENT tu voudrais abattre mon courage
    Et me faire invoquer la mort :
Celtos sait résister aux efforts de l'orage ;
    Celtos sait combattre le sort.

Fantôme, noir démon qui demandes ma vie,
    Tu n'es pas l'organe des cieux !
Non, non ; le sang d'Hoël, si cher à la patrie,
    Ce sang est encor précieux.

N'est-il plus d'ennemis ? ta rage impitoyable
    Ne cesse d'assaillir mon cœur.
Quel monstre ? quel danger ? quel bras plus formidable
    Jamais défia la valeur ?

Oui, je te combattrai, fils maudit de l'abîme,

    Toi qui veux troubler ma raison.

De la roche d'Elvin vois-tu ployer la cime

    Au premier cri de l'aquilon?

Le héros, toujours calme et maître de lui-même,

    Malgré le sort, sait être heureux;

Il est libre ici bas, et son pouvoir suprême

    Ne cède qu'à celui des dieux.

―――――

Kaczonir a chanté, fuyez, brisez vos armes!

    Ce n'est pas un signal trompeur.

Kaczonir a chanté, quelqu'un verse des larmes;

    Ce jour est un jour de malheur.

NOTE.

¹ Le sang d'Hoël, si cher à la patrie.

Il y a eu quatre rois de ce nom en Bretagne; le premier vivait en 509. *Hist. de Bret.*, Daru, t. Ier, p. 147; d'Argentré; D. Morice.

17.

Le Rêve.

La nature était calme, et la brise mourante

Laissait reposer l'arbrisseau;

Le paon d'Herbadilla, de sa voix gémissante

N'épouvantait pas le coteau. [1]

Le nuage éloigné n'était qu'une ombre vaine;

L'écho restait silencieux;

La raine aux yeux dorés, au bord de la fontaine,

Disait des sons mystérieux. [2]

Le guerrier fatigué sommeillait sur la rive,

Et son sein était haletant;

Sur son front soucieux la plume fugitive
    Ombrageait l'airain éclatant.

Libre, son palefroi paissait dans la prairie;
    Près de lui, gardien du sommeil,
Contemplant du héros la figure chérie,
    Son dogue attendait son réveil.

Soudain un spectre noir paraît sur la colline:
    A son aspect l'onde mugit;
Une large blessure entr'ouvre sa poitrine;
    Il marche, la terre frémit.

Il s'approche du preux; d'une voix funéraire:
    « Celtos, dit-il, éveille-toi;
    « C'est aujourd'hui l'heure dernière;
    « Ouvre les yeux, guerrier, c'est moi.

« Te souvient-il du jour, de ce jour où ta lance,

    « Fils d'Hoël, déchirait mon sein?

    « En succombant sous ta vaillance

    « Je te révélai ton destin.

« Tu ne périras pas dans le champ de la gloire

    « Ni parmi les rangs des héros;

    « L'oubli couvrira ta mémoire,

    « La mousse rongera tes os.

« Sur la table sacrée, au jour du sacrifice,

    « Nul don ne fléchira le ciel; [3]

    « Pour toi, jamais un Dieu propice

    « Ne descendra sur son autel.

« Je te l'avais prédit; fidèle à ma promesse,

    « O guerrier, je suis sur tes pas;

« Je viens, enivré d'alégresse,

« T'annoncer l'heure du trépas.

« Tu te débats en vain , et vainement encore

« Une larme a baigné tes yeux.

« Tu ne reverras pas l'aurore,

« Tel est, Celtos, l'arrêt des dieux. »

NOTES.

¹ Le paon d'Herbadilla, de sa voix gémissante
   N'épouvantait pas le coteau.

Herbadilla, ancienne ville de Bretagne, dont les habitans étaient, dit-on, fort corrompus ; un abîme s'entr'ouvrit,
des eaux brûlantes en sortirent et engloutirent la cité coupable. Le lac de Grand-Lieu, voisin du bourg d'Herbauges,
occupe aujourd'hui la place où fut Herbadilla.

Daru, *hist. de Bretagne*, t. I, p. 21 ; *Actes de saint
Martin*, de Verton ; *Preuves de l'histoire de Bretagne*,
D. Morice, t. I, p. 196.

² La raine aux yeux dorés, au bord de la fontaine,
   Disait des sons mystérieux.

Il est un grand nombre de fontaines auxquelles se ratta-
chent d'anciens souvenirs, et qui sont encore l'objet d'une
vénération superstitieuse.

L'eau de la fontaine de Saint-Jean-du-Doigt, commune
de Plouganou, près Morlaix, guérit les maux d'yeux. Le
24 juin, jour de la fête, un grand nombre de pélerins s'y
rendent de toutes les parties de la Bretagne ; on boit de son
eau, on s'en baigne les yeux. La statue du saint est placée
au milieu de la fontaine ; ceux qui n'ont pas été guéris re-

viennent l'année suivante ; ils prennent un peu d'eau dans la main et la jettent au nez du saint pour lui témoigner leur mécontentement et l'avertir qu'ils ont encore besoin de son secours. Le calice et les bannières qui font partie du trésor de l'église de Saint-Jean-du-Doigt ont été données par la duchesse Anne. Cette église tire son nom d'un doigt de saint Jean qui y est déposé.

La fontaine de Saint-Mandé, à Saint-Michel en Grève (Côtes-du-Nord), guérit les maux de pieds.

Celle de Loguivi, près de Lannion, fait connaître la destinée des enfans ; on prend la première chemise du nouveau né, on la jette dans la fontaine ; si le collet s'enfonce le premier, l'enfant mourra, si c'est le bas de la chemise, il vivra.

En sortant de Morlaix, pour gagner la mer, on trouve le lieu nommé *Feunteun-ar Saauson,* Fontaine des Anglais. En 1522, les Anglais, après avoir pillé la ville, s'y endormirent et furent massacrés par les habitans, ou, selon d'autres, par un parti que commandait le seigneur de Laval. Cette fontaine s'appelait d'abord *Stiffell,* d'un bois voisin.

On voit aussi dans les environs de Morlaix la fontaine du Relecq : on s'y rend au mois d'août ; le malade qui arrive ordinairement en sueur se fait verser un pot d'eau fraîche sur le dos : ce remède guérit les rhumatismes.

On conduit les enfans à une autre fontaine du voisinage,
on leur trempe le ventre dans l'eau : c'est pour les préser-
ver de la colique.

Une autre qui guérit les chiens enragés quand ils y veulent boire; un ruisseau que l'on fait traverser aux ju-
mens assure leur fécondité.

On aperçoit, dit-on, quelquefois près des fontaines une
femme qu'on appelle laveuse de nuit, *cannérez-nooz* : elle
présente un drap à tordre au voyageur, elle le tourne toujours du même côté que lui, et finit par lui couper les mains.

---

[3] Sur la table sacrée, au jour du sacrifice,
Nul don ne fléchira le ciel.

Table sacrée, en breton, *dolmen, menhir*, ou *crom-leach*,
pierre plate sacrée : on trouve de ces tables à Quiberon,
dans le canton d'Ardeven (Morbihan), près de Concarneau,
dans les *Glenans*.

Voyez Cambry, *Monumens celtiques*, p. 268-269, 298.

La table à manger est un meuble consacré chez les Bretons ; on ne permet pas de s'asseoir dessus ; lorsqu'on passe
un enfant sur la table, c'est un signe de malheur, et il faut
le repasser de suite. La table ronde des romans de cheva-
lerie est d'origine bretonne.

La Nuit.

Que la nuit est terrible et sombre !
Quels sont ces lugubres accens ?
Ai-je entendu la voix d'une ombre
Ou le murmure des torrens ?
Quel est ce pâle luminaire
Qu'un fantôme semble agiter ?
Eh quoi ! cet oiseau funéraire
Ne cessera-t-il de chanter ?

O terreur ! quelle est ta puissance !
Sous la cuirasse et le cimier,
Armé du glaive et de la lance ,
Que peut redouter le guerrier ?

L'a-t-on vu s'effrayer du nombre,

Pâlir aux cris des combattans?

Que la nuit est terrible et sombre!

Quels sont ces lugubres accens?

Souvent j'ai bravé la tempête;

Des flots j'ai dompté la fureur :

L'aquilon, grondant sur ma tête,.

N'a pas fait palpiter mon cœur;

Jusque dans leur caverne sombre

J'ai suivi les monstres errans;

Ai-je entendu la voix d'une ombre

Où le murmure des torrens?

Seul, appuyé contre la pierre,

Marhalah, qui couvre tes os, '

Combien de fois, la nuit entière,

N'ai-je pas goûté le repos?

Vainement les feux du tonnerre

A mes pieds venaient éclater :

Quel est ce pâle luminaire

Qu'un fantôme semble agiter?

Quand ton glaive sur le rivage,

Rivallon, répandait la mort, [2]

De ton bras rouge de carnage

M'a-t-on vu redouter l'effort?

M'a-t-on vu de ton cri de guerre,

Faible soldat, m'épouvanter?

Eh quoi! cet oiseau funéraire

Ne cessera-t-il de chanter?

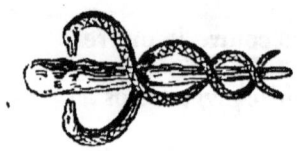

208

NOTES.

¹ Seul, appuyé contre la pierre,
Marhalah, qui couvre tes os.

Dumarhalah, nom d'une ancienne famille du Morbihan.

² Quand ton glaive sur le rivage,
Rivallon, répandait la mort.

Rivallon, c'est le même que Murmazon ou Ur-Maz-Han.
Voir d'Argentré, liv. II, p. 134.

L'Aube.

La nuit s'enfuit : l'aube naissante,
A chaque instant plus éclatante,
Dore les champs d'Amenezoux ;
Le soleil luit ; le ciel est doux ;
Amis, éveillez-vous.

Entendez-vous la voix légère
De la fauvette de Cledère
Qui dit un dernier chant d'amour ?
Il va cesser ; voici le jour :
L'amant est de retour.

Le spectre a disparu. Tout, jusqu'à la mort même,
Recule devant le guerrier.

18.

Prends la serpe d'airain, toi, la vierge qu'il aime;

    Coupe le pied du coudrier.

    Levez votre tête imposante,

    Chênes sacrés, bois protecteurs,

    Et que votre ombre bienfaisante

    Couvre la terre des vainqueurs.

    Que jamais l'insulaire avide

    Ne puisse aborder ces vallons;

    Ou, découvrant son front perfide,

    Qu'il nous dise enfin : « Combattons. »

NOTE.

¹ Dore les champs d'Amenezoux.

Amenezoux, hameau du pays de Léon.

L'Alarme.

❀

« Lève-toi, Méaga; j'entends les cris d'alarmes : '
    La mort a plané sur nos champs,
La colline a redit le cliquetis des armes,
    Albin ramène ses enfans.

Monte sur le coteau, cherche sous le feuillage
    Un abri contre leur fureur.
Nos bras sont impuissans : que font contre la rage
    Et l'espérance et la valeur? »

Ainsi parlait Celtos, Celtos qui fut naguère
    La force de l'Armoricain.

La mort avait touché le maître de la guerre ;

    Le glaive ployait dans sa main.

Hier, hier encor, au sein de la tempête,

    Il eût frissonné de plaisir.

Le spectre, sous son joug a fait courber sa tête,

    Le vaillant ne sait plus mourir.

Il n'est plus le vaillant : auprès de son amante

    Il semble compter les périls.

Avez-vous entendu? sa voix, sa voix tremblante

    A demandé : Combien sont-ils?

Déjà les nations ont paru dans la plaine ;

    Les nations ont combattu.

Celtos hésite encor, et son âme incertaine

    En vain appelle sa vertu.

Il marche cependant; mais que sa marche est lente !

      Est-ce là le pas d'un héros?

Est-ce donc là celui dont la main triomphante

      A fait trembler le roi des flots?

Ne combattra-t-il plus? La voix de la patrie

      Ne touche-t-elle plus son cœur?

Ah! pourquoi n'as-tu pas, Celtos, perdu la vie

      Avant d'avoir connu la peur?

NOTE.

¹ Lève-toi, Méaga ; j'entends les cris d'alarmes.

C'est probablement le même cri que le Bas-Breton pousse encore dans les momens de danger ou d'inquiétude.

La Joie.

Fleurs des combats, cygnes d'Armore,
Célébrez, bénissez les dieux ;
Que le haut-bois de Liamore
Ne dise que des chants joyeux. [1]
L'autan a chassé le nuage
Qui déjà couvrait les vallons,
La proue a sillonné la plage :
      Chantons !

La hache est là. L'horizon brille :
Apportez la boisson des dieux ;
Versez, que la coupe pétille,
Ainsi qu'au tems de nos aïeux. [2]

Guerriérs, tressaillez d'alégresse!

Le ciel le veut; nous combattrons.

O jour de gloire! ô jour d'ivresse!

Chantons!

A la lueur de votre glaive

A reparu le roi des flots.

Regardez, la brise s'élève

Et nous ramène ses vaisseaux.

L'éclair resplendit sur sa tête;

Le tonnerre ébranle les monts;

A nos bras s'unit la tempête.

Chantons!

Déjà vous entendez sur l'onde

Les vœux du nocher éperdu;

Mais jamais le maître du monde

A-t-il exaucé le vaincu?

En vain, appelant l'espérance,

Il pressera ses avirons;

Sur le rivage est la vengeance.

Chantons!

NOTES.

> ¹ Que le hautbois de Liamore
> Ne dise que des chants joyeux.

Hautbois ou bombarde. Le hautbois des Bretons est plus court que celui de nos orchestres, le pavillon est plus large ; ses sons aigus s'entendent à une grande distance.

Liamore, grande pierre. Il y a une île et plusieurs lieux de ce nom sur la côte de Bretagne.

> ² Versez, que la coupe pétille
> Ainsi qu'au tems de nos aïeux.

La sobriété n'est pas la vertu du paysan bas-breton : s'enivrer est pour lui le bonheur suprême ; non seulement il ne regarde pas l'excès du vin comme un déshonneur, mais il y attache une espèce de gloire. Il croit que le vin est toujours salutaire, et que celui qui en boit le plus se porte le mieux. Un Breton, mourant d'hydropisie, attribuait sa maladie à l'eau que les marchands fripons mettaient dans le vin.

Il ne boit pas en mangeant ; sa nourriture consiste en

bouillie d'avoine, en crêpes et en fare, espèce de pâte de sarrasin.

Quand il s'enivre, c'est entre ses repas et toujours avec l'intention de s'enivrer ; la liqueur qui lui fera le plus tôt perdre la raison est celle qu'il estimera le plus ; son ivresse n'est ni bruyante ni cruelle ; il restera silencieux et pensif.

Dans quelques vieux châteaux on voit encore une table sur laquelle est un appareil propre à placer une barrique : cette table servait à certaines fêtes de l'année ; on posait dessus un tonneau de vin ; tout autour étaient rangées des viandes froides, et le repas n'était fini que lorsque la barrique était vide.

Le Malade.

✸

Que t'ai-je fait, Dieu protecteur du brave?
  La douleur enchaîne mes pas;
Je vais mourir ainsi qu'un vil esclave,
  Loin des guerriers, loin des combats.

Ah! si du moins une noble blessure
  Entr'ouvrait pour moi le cercueil,
Tu n'entendrais ni plainte ni murmure,
  Et j'embrasserais mon linceuil.

Mais le guerrier, courbé par la souffrance,
  N'a plus sa force pour appui;

19.

Il veut marcher, et le fer de sa lance
    Semble se tourner contre lui.

Le cri du preux, appelant la victoire,
    A retenti sur le coteau ;
Celtos, hélas ! en soupirant la gloire,
    Attend la pierre du tombeau.

Ils ont vaincu ! le barde de la guerre
    Jusqu'aux cieux proclame leur nom,
Et mon nom seul est resté sur la terre,
    Enseveli dans le vallon.

A leur aspect, l'amante énorgueillie
    A relevé son front joyeux ;
Méaga seule a sur ma main flétrie
    Baissé son regard soucieux.

Pour le héros, la mort est toujours belle.

La mort était son avenir;

Mais expirer sous la fièvre cruelle,

Pour le héros, est-ce mourir?

Le Désespoir.

Kernevad, es-tu là? prends, ami, prends mon glaive;
Approche, approche encor, plonge-le dans mon sein; [1]
Puisqu'il faut que je meure, ah! que ton bras achève
Ce qu'ordonne aujourd'hui l'inflexible Destin.

Après tant de hauts-faits, sur cette couche obscure
Faudra-t-il que le chef expire sans honneur?
Frappe donc; que mon père, en voyant ma blessure,
Dise : « Gloire au guerrier qui lui perça le cœur! »

Le sapin embrasé, la nocturne musette,
Au cercle des aïeux m'appelleront en vain; [2]
Sous l'arbre de minuit, à la pierre muette,
Nul ne verra Celtos apparaître au festin.

La lueur de l'épée et sa trace vermeille
Ne me guideront plus au milieu des hasards,
Et je n'entendrai plus frémir à mon oreille,
Dans le champ des combats, le sifflement des dards.

Mon coursier délaissé, paissant dans la prairie,
Hennira vainement au signal belliqueux;
L'écho répondra seul; la vieillesse ennemie
Tristement l'atteindra dans ce repos honteux.

Mes limiers inquiets chercheront dans la plaine
Celui qui leur livrait le sanglier mourant;
En vain, au moindre bruit retenant leur haleine,
Ils interrogeront les rives du torrent.

Il faut périr ici, succomber sans combattre;
Le puissant tombera loin des yeux des héros;

Sans qu'un glaive ait brillé, la douleur vient l'abattre ;
Il lui faudra rougir au delà des tombeaux.

Ne sois pas insensible, écoute ma prière ;
Si tu crains de frapper le guerrier qui n'est plus,
Attise le foyer, embrase la chaumière,
C'est aux vents qu'appartient la cendre des vaincus.

NOTES.

¹ Kernevad , es-tu là ? prends , ami , prends mon glaive ;
Approche, approche encor, plonge-le dans mon sein.

Kernevad , Gornouaillais. C'était une honte pour un
guerrier de mourir dans son lit. Mourir lentement, mourir
de langueur est le genre de mort le plus redouté des paysans
bas-bretons.

Il y a une prière appelée *tepidu*, littéralement l'un ou
l'autre , c'est-à-dire qu'il vive ou qu'il meure. Lorsqu'un
père , une mère , un frère tombe malade, ses parens font
dire une messe tepidu. *Tepidu* est le mot consacré, il n'a
que cette signification.

Saint Abibon fait connaître si un malade doit mourir ou
guérir : on pose de chaque côté de l'autel cinq cierges de
cire jaune, cinq pour la vie et cinq pour la mort ; si les
cierges pour la vie s'éteignent les premiers, le malade
mourra : on rentre dans sa chambre en pleurant et se lamen-
tant ; on le fait administrer ; on appelle le parrain et la
marraine, car ils doivent le voir mourir.

Le riverain breton, accoutumé à s'exposer à des dangers
continuels , voit la mort avec calme et presque avec indiffé-

rence ; aussi parle-t-on devant un malade de sa fin prochaine comme d'une affaire ordinaire. En général, dans les familles, celui qui meurt est regretté d'après son utilité à la communauté ; la mort d'un enfant ou d'un vieillard excite rarement de longs regrets.

---

* Le sapin embrasé, la nocturne musette ,
Au cercle des aïeux m'appelleront en vain.

A minuit on entend dans les montagnes d'Aré ou sur les îles désertes de la côte, une cornemuse dont les sons n'ont rien de terrestre ; jamais on n'a pu voir celui qui en joue , mais elle annonce que les aïeux vous attendent ; vous les trouvez ordinairement réunis au pied d'un chêne ou autour de la pierre druidique : un tison embrasé vous indique où ils sont.

La Mère.

Eh quoi! ton front touche la terre!
Pourquoi ce désespoir mortel?
Ouvre les yeux à la lumière,
Celtos, et regarde le ciel.

Le brave est-il celui que la douleur étonne,
Celui dont le sein a frémi?
Peut-il, lorsque son bras frissonne,
Peut-il frapper un ennemi?

Les fils d'Albin sont là; dans leur joyeuse ivresse,
Tes frères béniront les dieux,
Tandis qu'appesanti dans ta sombre tristesse,
Hélas, tu gémiras loin d'eux.

Voilà donc le vaillant, celui dont le courage
  Défiait même le destin ;
Son front décoloré, courbé devant l'orage,
  Tombe brisé par le chagrin.

Tout ce qui peut charmer une ame généreuse,
  Noble Celtos , est devant toi ;
L'avenir t'appartient et ta mère est heureuse ;
  Et tu ne dis pas : je suis roi.

  As-tu donc oublié la gloire,
  Et tes exploits et ta valeur?
  Au souvenir de la victoire,
  Ne sens-tu pas brûler ton cœur?

  Un vain fantôme peut abattre
  La tête altière du géant,

Et déjà, vaincu sans combattre,
Il cherche la paix du néant.

Ah ! n'est-il pas d'autre courage
Que celui qui donne la mort?
Le plus heureux, c'est le plus sage,
Et le plus sage est le plus fort.

Vainement la douleur cruelle
A ses lois voudrait l'asservir;
Le héros ne peut pas mourir;
Ami, la gloire est éternelle.

La Harpe.

J'ai réveillé Celtos, couché près du sillon ;

Il allait rouler dans l'abîme ;

Le soleil pâlissait, et le dernier rayon

Ornait le front de la victime.

Je lui dis : « Fils d'Hoël, que fais-tu dans ces lieux ?

Ton amante est dans le bocage ;

La guïmile s'éveille et monte vers les cieux,

Et l'hermine fuit sous l'ombrage. [1]

Tu dors, hélas ! Ar-Marff s'agite à ton côté,

Ar-Marff, qui jamais ne pardonne, [2]

A te saisir, Celtos, son bras s'est apprêté ;

Elle avait brisé ta couronne.

Réveille-toi, Celtos; Celtos, barde d'amour;

    Celtos, l'espérance d'Armore;

Réveille-toi, Celtos, à l'éclat d'un beau jour,

    Puisque tu n'as pas vu l'aurore.

La harpe près de toi se repose et languit,

    Elle appelle un chant de tendresse;

Comme la main chérie, au retour de la nuit,

    Elle attend que ta main la presse.

Le ramier inquiet gémit dans le vallon,

    Il s'étonne de ton silence;

Toujours à ton réveil il entendait le son,

    Signal d'amour et d'espérance.

Et toi, loin des guerriers, tu veux braver la mort,

    Tu veux ici mourir sans gloire :

                 20.

Pourquoi, Celtos, pourquoi repousses-tu le sort

    Qui t'avait promis la victoire?

Mais la voix d'un ami touche ton noble cœur :

    Le guerrier a saisi son glaive ;

Ah ! prends la harpe aussi, dis le chant du vainqueur

    Avant que la lune se lève. »

Il célébra les preux ! Ésus même enchanté

    Un instant suspendit sa rage,

Et sur ton char, Ar-Marff, noire divinité,

    On ne vit plus gronder l'orage. [3]

NOTES.

¹ La guïmile s'éveille et monte vers les cieux,
Et l'hermine fuit sous l'ombrage.

Guïmily, hirondelle. L'hermine et la belette inspirent encore une terreur superstitieuse : lorsqu'un de ces animaux expire, la personne sur laquelle il jette son dernier regard mourra dans l'année.

On met du pain et du lait dans les endroits où ils passent ; lorsqu'ils ont goûté le pain de la maison ils n'en attaquent plus les volailles. L'hermine fait partie des armoiries de la ville de Morlaix.

---

² Tu dors, hélas ! Ar-Marff s'agite à ton côté,
Ar-Marff, qui jamais ne pardonne.

Ar-Marff, la mort.

---

³ Et sur ton char, Ar-Marff, noire divinité,
On ne vit plus gronder l'orage.

Lorsque quelqu'un doit mourir, on entend un bruit sourd et prolongé ; c'est celui du char de la mort, *carrik-am-amon;* il s'arrête à la porte de la victime désignée et l'on entend frapper trois coups : si elle meurt sans fermer les yeux, une autre personne de la maison la suivra bientôt. Dès qu'elle a rendu le dernier soupir, on renverse tous les vases remplis d'eau qui se trouvent dans le logis.

Une femme enceinte ne peut pas être marraine; elle ou son enfant mourrait dans l'année.

La Consolation.

L'amitié soutenait leurs cœurs,
Et sous le sanglant météore
La lyre leur disait encore
Des chants consolateurs.

On ne combattait plus, ils chantaient l'espérance
Et les antiques souvenirs;
A ces nobles récits, oubliant la souffrance,
La douleur avait ses plaisirs.

Le tems brise l'épée, il respecte la lyre;
Quand la lyre a vibré, l'avenir retentit:

Ses plaintes, ses soupirs, et jusqu'à son délire,
La postérité les redit.

Qui tient la lyre est invincible.
Quels traits pourront percer son sein ?
A ses chants, la flèche invisible
Se tourne contre l'assassin.

Craint-il les fers et l'esclavage ?
Il soulève les aquilons ;
Il parle, on voit gronder l'orage
Et s'élancer les bataillons.

Qui rompt le bouclier est le dieu de la guerre,
Nos fils lui dressent des autels ;
Qui rompt la lyre, en horreur à la terre,
Est l'ennemi des immortels.

Prêtez l'oreille, enfans de Liamore ;

Écoutez le roi des concerts ;

Regardez, son front se colore,

De nobles chants frappent les airs !

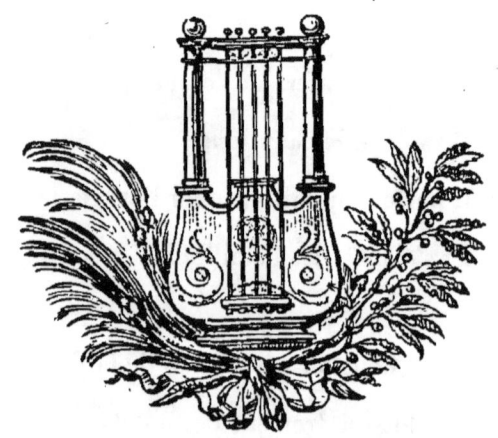

Le Réveil.

Ainsi chantait le barde et l'héritier d'Armorc;

A-t-il perdu le souvenir?

Il entend la harpe frémir;

Le voit-on sommeiller encore?

Le repos est la mort pour le cœur généreux;

A l'ombre du foyer, il le disait naguère,

Il le redit à son heure dernière,

Accablé sous la main des dieux.

Contre lui la tombe se lève,

Les nations arment leurs bras;

Le héros sourit au trépas:

Sans regret, sa course s'achève.

Mourons! tel est le cri du preux
Qui n'a pu sauver la patrie;
Il sera libre dans les cieux,
Son destin est digne d'envie.

Égayez l'heure du mourant,
Vierges, dansez au bruit des funérailles;
J'entends marcher le conquérant,
Il tient le sceptre des batailles.

Heureux qui sait combattre et chanter les exploits,
La gloire ici-bas l'environne;
Chéri des nations, il est l'ami des rois;
Il vit, et la terre est son trône.

Mais plus heureux qui sait mourir!
Il va rejoindre sous la tente,

Ses dieux, ses frères, son amante,

Et va s'asseoir dans l'avenir.

Pourquoi cesser de danser sous l'ombrage?

Pourquoi cesser vos chants d'amour?

Célébrez le dernier beau jour,

Chantez! j'entends gronder l'orage.

Le Héros.

Accourez tous, enfans du Nord !
Frappez, que mon sort s'accomplisse ;
Celtos peut-il craindre la mort ?
Ne faut-il pas que le brave périsse ?

A vos guerriers, assez long-tems
Mon bras fit mordre la poussière :
Ah ! quels remparts assez puissans
Les préservaient de ma colère ?

Je t'entendais dans les combats,
Ur-Maz-Han, ô cœur invincible !
Répéter d'une voix terrible :
Le brave ne périra pas.

Tu t'abusais, tu fléchis sous ma lance,

Ton front mesura le sillon ;

Ton cercueil, aux fils du vallon,

Atteste ma vaillance.

O guerrier ! calme ta douleur !

N'accuse pas le destin d'injustice ;

La mort va frapper le vainqueur,

Ne faut-il pas que le brave périsse ?

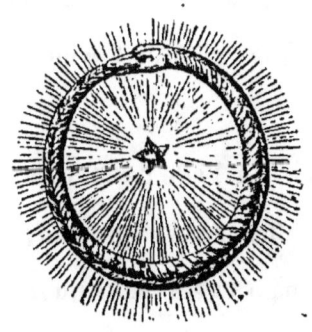

Le Blessé.

J'ai vu le preux couché sur le coteau :
Son noble sang baignait la terre,
Et l'étranger, en écartant la pierre,
A dit : Qu'il n'ait pas de tombeau !

L'esprit d'Ahès, à l'aspect de sa proie,
Quittant l'antre de Pontaven,
Lève le front, pousse des cris de joie
Comme à la veille de l'hymen.

Déjà j'entends sur l'aile de la brise
Le rire affreux du négroman,
J'entends le nain et ses dents qu'il aiguise
Contre la pierre de Terman.

21.

Quoi! le guerrier sera-t-il la pâture
　　De ces êtres mystérieux?
Laisserons-nous, amis, leur bouche impure
　　S'abreuver d'un sang généreux?

Ha! torreben!!! que l'étranger succombe! [2]
　　Tous les héros sont-ils vaincus?
Que notre chef repose dans la tombe,
　　Ou que l'on dise : Ils ne sont plus.

La nuit nous sert; le roi des mers sommeille
　　Bercé sur la vague du port.
Ah! qu'aucun bruit ne frappe son oreille,
　　Et que son réveil soit la mort.

Laissez-moi seul, à travers les ténèbres,
　　Laissez-moi seul guider vos pas;

Le ciel est sombre, et par des chants funèbres

L'orfraie a prédit le trépas.

Vainement Dys, animant leur furie,

Contre nous s'arme de ses feux ;

Nous défendons le sol de la patrie

Et la cendre de nos aïeux.

Et le vaillant, étendu sur la terre,

Ce héros, la terreur de tous,

Va se lever du sein de la poussière,

Amis, et combattre avec nous.

NOTES.

> [1] L'esprit d'Ahès, à l'aspect de sa proie,
> Quittant l'antre de Pontaven,
> Lève le front, pousse des cris de joie
> Comme à la veille de l'hymen.

Ahès, ou selon d'autres *Dahut,* fille de Grallon, vivait vers l'an 445; elle eut plusieurs maris. Après la première nuit des noces, elle les faisait jeter dans un gouffre qu'on voit encore à Pontaven, près d'Huelgoat.

On agit mieux maintenant en Basse-Bretagne; cependant dans plusieurs cantons on pratique encore aux mariages d'étranges cérémonies. Aux environs de Quimper, lorsque les époux se rendent à l'église, des hommes à cheval portent devant eux tout ce qui a été donné au nouveau ménage, des pièces de toiles, des morceaux de beurre, des vêtemens; viennent ensuite, dans des chariots, les meubles, les instrumens de labourage, etc. La coiffure de la mariée est ornée d'autant de petits miroirs qu'elle a de cent livres de rentes.

La noce se fait ordinairement dans une hôtellerie; on s'y rend de la maison des parens : l'époux est à cheval, la mariée est en croupe, tous les gens de la fête sont également

placés par couple sur des chevaux. A un signal donné on
s'élance au galop; le premier couple arrivé à l'hôtellerie, y
trouve deux rubans attachés à la porte, l'un rouge et l'autre
blanc; l'homme saisit le ruban rouge et s'en pare, puis il
prend la bride du cheval avec les dents, il marche au devant des époux et leur verse à boire; le couple qui arrive
ensuite détache le ruban blanc et fait la même chose.

On invite aux noces le plus de monde possible. Le repas
a lieu en plein·air; le dîner est servi de bœuf et de veau
bouillis et rotis, et de salade accommodée au vinaigre et
au sucre; la mariée est assise à la place d'honneur, tandis
que l'époux, debout et vêtu de blanc, sert les convives.
Lorsqu'on a mangé la viande bouillie, une personne désignée par la famille, c'est ordinairement la plus marquante
de la société, se lève et tient un plat sur lequel est une ser-
viette; elle est suivie du beau-père qui tient un autre plat,
et du mari qui porte un sac; celui-ci présente le plat à chaque
convive qui y met une pièce d'argent, il la passe au beau-
père qui la jette dans le sac du gendre. La quête faite, le
barde se lève, et, dans un compliment en vers, il vante la
générosité des assistans et les invite à boire; puis il dit:
« que la gaîté ne nous fasse pas oublier nos morts », et l'on
chante un *De Profundis*. L'on mange ensuite le rôti, et
ordinairement tout le monde est ivre à la fin du repas.

La mariée doit employer tous les moyens que le hasard

peut lui offrir pour retourner à la maison paternelle. Les garçons d'honneur sont chargés de la garder ; si elle parvient à s'échapper, les filles d'honneur la suivent ; alors les garçons, et ensuite tout le reste de la noce, se mettent à sa poursuite et on la ramène de force.

Le soir on conduit les époux en grande cérémonie à la chambre nuptiale. La première fille d'honneur monte sur le lit et s'asseoit sur les pieds de la mariée ; le premier garçon d'honneur en fait autant à l'époux, et une très jeune fille s'accroupit au milieu de la chambre et chante une complainte. Pendant ce tems les garçons promènent une soupe au lait autour de la maison ; ils viennent ensuite la présenter aux époux ; quand ils ont mangé, le garçon et la fille d'honneur descendent du lit, et tout le monde se retire.

Le lendemain la nouvelle mariée, pauvre ou riche, va de maison en maison faire la quête du lin, et chacun lui en donne selon ses facultés : elle en recueille souvent de quoi faire deux à trois cents aunes de toile.

----

* Ha ! torreben !!! que l'étranger succombe !

Torreben, jurement des anciens Celtes et des Bretons d'aujourd'hui.

Le Mourant.

Où sont tous les guerriers? d'où vient que dans la plaine
    Déjà je ne les entends plus?
Ah! la victoire encor serait-elle incertaine,
    Ou suis-je au nombre des vaincus?

Quand, sous le bras sanglant, je tombais sur la terre,
    La foudre grondait près de moi;
Quel silence succède aux éclats du tonnerre;
    Aux cris de douleur et d'effroi?

Ont-ils tous succombé, les héritiers d'Armore?
    Ne sont-ils plus les rois des preux?
Et de tant de héros, seul respiré-je encore,
    Seul ici suis-je malheureux?

Quels temps sont écoulés? L'aube venait de naître
      Quand, dans ces lieux, je combattais ;
Où donc est le soleil? ne doit-il plus paraître?
      Le jour ne viendra-t-il jamais?

Du cornet d'Eruspy, la voix rauque et sauvage
      Faisait retentir les coteaux ;
Et j'entends le zéphyr à travers le bocage
      Et le murmure des ruisseaux.

Les bataillons marchaient; ils invoquaient la guerre :
      Le barde des combats chantait ;
Et le ramier gémit, plaintif et solitaire,
      Sous l'ombrage de la forêt.

Le râle du mourant que déchire le glaive
      Étonnait même les héros.

Je n'entends que la voix du pasteur qui se lève

    Et le bêlement des troupeaux.

Ces sanglots, ces guerriers, cet appareil funeste

    N'étaient-ils donc qu'un songe vain?

De ce prestige affreux, un souvenir me reste?

    Le fer est encor dans mon sein.

L'étranger est vainqueur; il prépare la chaîne;

    Mais peut-il en charger mon bras?

Fantôme d'Ur-Maz-Han, j'ai défié ta haine,

    Et je mourrai dans les combats.

NOTE.

[1] Du cornet d'Eruspy la voix rauque et sauvage.

Nom d'un chef qui vivait vers l'an 498.

La Fidélité.

Celtos, Celtos, il faut veiller encore ;
Celtos, Celtos, une amante t'implore.

Pourquoi le preux cède-t-il au malheur ?
S'il fut vaincu, sa défaite fut belle ;
Il veut mourir : ah ! n'a-t-il pas mon cœur ?
Il veut mourir, et je lui suis fidèle.

Tu n'as plus d'arme ; ouvre donc les tombeaux ;
Ces os blanchis qui demandent vengeance,
Sont-ils moins forts dans la main des héros,
Sont-ils moins forts que le fer de la lance ?

Tu veux mourir; les guerriers sont venus;

Ils t'apportaient la verveine et le lierre.

Reviendront-ils, quand tu ne seras plus,

Reviendront-ils ranimer ta poussière?

Il n'entend pas; la mort est dans ses yeux;

C'est vainement qu'une amante l'appelle :

Pour le vaincu, le jour est odieux;

Tu meurs, Celtos, et je te suis fidèle.

Celtos, Celtos, l'aigle a pris son essor;

Celtos, Celtos, il faut veiller encor.

Le Spectre.

Où conduis-tu mes pas? quel délire t'entraîne?
Où cherches-tu les combattans?
Où vas-tu, Celtos? dans la plaine
Je n'entends que le cri des vents.

Fuirais-tu le danger? toi dont l'ame intrépide
N'avait jamais connu la peur;
Toi, le vaillant, toi, notre guide;
Toi, le premier au champ d'honneur?

Tu ne me réponds pas; comme l'ombre légère
Qui voltige sur les tombeaux,
Ton pied touche à peine la terre
Et semble glisser sur les eaux.

22.

Pour arracher ton cœur à ce morne silence

      Mes efforts sont-ils superflus?

      Que vois-je? au toucher de ma lance

      Ton casque ne retentit plus.

Ton glaive, dont l'éclat défiait la lumière,

      N'est plus ce sceptre radieux;

      Et terne comme la poussière,

      Il ne réfléchit plus les cieux.

Nous avons parcouru le vallon, la colline;

      Je ne puis plus suivre tes pas;

      Je ne vois point haleter ta poitrine;

      Ta bouche ne respire pas.

Mais tes yeux sont éteints, et vide est leur orbite;

      La chair ne couvre plus tes os.

Ami, tu n'es donc plus, et tu presses ta fuite
    Vers la demeure des héros.

Arrête, chef, arrête, ou Kernevad succombe ;
    Arrête et repose en ces lieux.
    Ici, je creuserai ta tombe
    Près de celle de tes aïeux.

C'est ici la patrie ; au lever de l'aurore,
    Quand le soleil dore les monts ;
    Ici, tu pourras voir encore
    L'asile de tes compagnons.

    Ici, loin du bruit des orages,
    Tu dormiras d'un long sommeil ;
    Ici, quand finiront les âges,
    Calme encor sera ton réveil.

Là, Méaga, là, ton amante
Paisible versera des pleurs;
Jamais la flèche menaçante
N'y viendra troubler ses douleurs.

Repose ici, roi des batailles,
Repose, généreux guerrier,
Ou le jour de tes funérailles
Pour moi deviendra le dernier.

Toi qui vivras dans la mémoire,
Sans regret tu pouvais mourir;
Mais je n'ai rien fait pour la gloire :
Il n'est pas pour moi d'avenir.

On combat et je fuis; le sang baigne la terre;
Les vaillans, tombant sous les coups

Ont redit, dans leur plainte amère :

« Kernevad n'est pas avec nous ! »

Arrête, noble ami, car la gloire m'est chère ;

Je ne puis t'invoquer en vain :

Si tu dédaignes ma prière,

Je t'abandonne à ton destin.

Je laisserai tes os jouets de la tempête,

Pâture des loups dévorans,

Et l'on verra bondir ta tête

Parmi les vagues des torrens.

Alors tu gémiras ; mais l'écho de la rive

Restera sourd à tes sanglots ;

Ton ombre, à jamais fugitive,

En vain cherchera le repos.

Cède donc à mes vœux, je vais rouler la pierre ;

Voici l'instant : Arrête, ami,

Écoute le hibou ; d'une voix funéraire

« Il vient de dire : C'est ici. »

La Tombe.

✳

Méaga, c'en est fait; il fallait être esclave,

Celtos a préféré la mort.

Les guerriers ont pleuré sur la cendre du brave,

Je ne me plains pas de mon sort.

Je ne suis plus, dis-tu; que m'importe la vie?

Mon ombre est parmi les héros,

Et mon nom glorieux, chéri de la patrie,

S'élève du sein des tombeaux.

La mère, au nourrisson qu'elle instruit à la gloire,

Redit mes jours et mes exploits;

Et le barde, en ses chants, rappelle ma mémoire
> Jusque dans les banquets des rois.

Quand le nocher d'Albin fuyant devant l'orage,
> A touché le roc écumant,

On le voit, éperdu, s'éloigner du rivage
> S'il aperçoit ce monument.

Suis-je donc malheureux lorsque ta voix plaintive
> . Fait gémir l'écho du vallon ?

Ou lorsqu'avec amour, assise sur la rive,
> Je t'entends soupirer mon nom ?

Ah ! combien de guerriers, enviant cette pierre,
> A ce prix voudraient le trépas !

Ah ! combien de héros gisent sur la poussière,
> Qu'une amante ne pleure pas !

Le sort, en m'accordant la gloire et ta tendresse,

Méaga, combla tous mes vœux ;

Mon ombre est près de toi, je te verrai sans cesse,

Que puis-je demander aux dieux ?

Fergus.

FERGUS.

FERGUS S'ÉTANT TROP APPROCHÉ D'UN RIVAGE ENNEMI, LA MER
LAISSE SON CANOT A SEC ; IL ESSAIE DE LE REMETTRE A FLOT,
MAIS VAINEMENT ; IL DIT A SALGAR SON COMPAGNON :

« SALGAR, mes épaules sont brisées, mes os cra-
quent, et le rivage inexorable retient sa proie. Quelque génie cruel est caché sous la terre : frappe ton
bouclier de ta lance pour l'épouvanter, et perce le
sable de ton glaive. »

« O chef des braves! répond le fils d'Aldan, nos
efforts sont inutiles. Je n'entends plus le bruit des
flots que comme le murmure de la forêt lointaine ; la
mer nous échappe; le matelot reste à sec, semblable
au phoque que la tempête a jeté sur les rochers de
Togorma ; déjà les enfans d'Inisfail se réjouissent en
songeant que le sang de l'étranger va couler. »

23.

« Leur sang sera mêlé à notre sang, ô Salgar! et le
râle des mourans se fera entendre à nos funérailles;
ils reconnaîtront Fergus aux coups de sa lance et au
tranchant de son épée. Que crains-tu? nous avons
assez vécu pour la gloire. « Ne faut-il pas que le brave
périsse? »

Il dit; mais rien ne peut adoucir la douleur de
Salgar; son ame est sombre, et ton souvenir, ô fille
d'Olgul, énerve son courage.

« O Sulmala, au sein plus blanc que la neige, s'é-
crie-t-il: ne t'épouvante pas si tu entends un fantôme
crier sur la colline, c'est l'ombre de Corman qui
t'annonce que Salgar va mourir. Que le vent porte
ma voix jusqu'à ton oreille, ô mon amante! Va trouver Aldan, dis-lui : Trois pierres couvrent le brave
Salgar; ton fils n'est plus, et son ombre erre sur la
plage au milieu des oiseaux de tempête. Mon père,
empêche mes dogues de hurler, leur voix m'attriste;
et toi, retiens tes larmes, vierge à la blonde chevelure, car les yeux de Salgar sont humides et son
cœur s'amollit. »

« Est-ce le vaillant Salgar que j'entends? dit Fergus; est-ce le vaillant Salgar? Qu'est devenu son
courage? il pleure comme le cerf timide que les

chiens déchirent. S'il redoute la mort, pourquoi est-
il entré dans la nacelle du guerrier? Cependant, je
l'ai vu dans les combats; il ne pâlissait pas à la
lueur du glaive, et son pied foulait. les cadavres.
Touche mon front, ô fils d'Aldan, et ton cœur re-
prendra sa force. »

« Chef, mon cœur est triste. Qui saura que Salgar
est mort dansles combats? Les bardes diront, quand
il ne paraîtra plus à la salle du festin : « La mer l'a
glouti, Salgar a péri sans gloire. »

« Ils ne le diront pas, s'écria Fergus; les échos ré-
pèteront au loin les gémissemens de nos ennemis, et
leurs larmes annonceront que les fils de la mer ne
sont pas morts sans combattre. Long-tems encore,
les épouses maudiront la vague qui nous apporta, et
les enfans de l'avenir se montreront la place où périrent les héros..... Mais qu'entends-je? est-ce un
vain prestige? les vents redisent à mon oreille des
accens plus doux que la harpe de Bragga. Oh! qu'ils
sont éloignés! ils sont faibles comme la voix du fantôme ou l'haleine du chasseur qui guette le chevreuil
sur la colline : ils approchent, entends-tu? ce sont
des chants d'amour. Regarde cette ombre blanche
qui traverse la plaine, c'est une femme; ses cheveux

volent au gré de l'air. Le soleil levant la rend brillante ; on croirait voir une de ces vierges roses qui
pansent les plaies des guerriers. Le chant se fait
entendre encore, c'est le signal de l'amant ; il paraît. O fils du rivage ! tu es aimé, ton amante est
près de toi. Le zéphyr envoie le bruit de tes soupirs
jusqu'à l'oreille de celui qui va mourir ; tu es aimé,
et ton bras peut-être n'a jamais combattu. Le preux,
sillonné de blessures, expire loin de celle qu'il aime,
et toi, enivré de volupté, tu souriras à la vue de
son cadavre déchiré ; ton amante dira : « Voilà l'un de
ces féroces étrangers ; oh ! qu'il est hideux ! quelle
épouse a pu le presser sur son sein ! quel homme a
pu l'appeler son ami ! « O vierge ! n'insulte pas les os
des morts, car leurs ombres épouvanteraient tes
nuits. Mais les regards de l'amant se portent vers
nous : écoute ce cri d'effroi ! le lâche ! il fuit comme
le renard à la vue du dogue courageux. Que sa course
est précipitée ! il a reconnu Fergus, le chef des vainqueurs ; il va avertir ses compagnons ; il leur dit :
« Le vent nous a livré les enfans de la mer ; ils sont
étendus sur le rivage comme l'algue que l'abîme a
rejetée : allons les surprendre, et que le sable s'im-
bibe de leur sang. » J'entends leurs cris de joie, ils

viennent; mais l'amante accourt vers nous; elle est
seule! que ses yeux sont brillans! que sa taille est
légère! comme ses pieds se succèdent rapidement
sur la plage! elle parle; que sa voix est douce! »

« Fuyez, fils de la mer! fuyez! dit la belle Eidona,
les guerriers aiguisent leurs glaives! Entendez-vous
le bruit que font leurs boucliers, qu'ils détachent
des murs du palais de Dumbar? l'entendez-vous?
fuyez! ou si la mer est loin, allez vous cacher dans
les cavernes de la colline. »

« Ornement du rivage! ô la plus belle des vierges! répondit Fergus, le guerrier ne se cache pas, il
combat et meurt. Que les fils d'Inisfail arrivent, ils
reconnaîtront Fergus à la pesanteur de son bras. »

« Fergus! dit l'amante, ton nom est la terreur du
fort, et les bardes le mêlent souvent au récit des
combats. Mille fois il a fait tressaillir mon cœur;
mais ton visage n'est pas hideux ainsi qu'ils le repré-
sentent, tes yeux sont bleus comme l'azur d'un beau
jour, et ta bouche appelle les baisers; ces cicatrices
n'effraient pas mes regards, elles disent que Fergus
n'a jamais fui. »

« O vierge! ô mon amour! ta voix égaie le cœur
des mourans; elle est plus douce que le parfum du

thym, elle me désaltère comme la rosée du soir.
Ah! qu'il est heureux, celui que tu aimes. »

« Fergus est celui que j'aime, répondit Eidona; car
son nom est glorieux et son bras invincible. Le lâche
Fithil a fui: il n'est plus cher à Eidona; Dumbar est
mon père, il est le chef des héros. »

« Salgar, lève-toi! s'écria le guerrier ; lève-toi,
mon cœur est plein de force: enfans du rivage, approchez, mais emportez vos lances, elles se brise-
raient sur ma poitrine comme la paille légère contre
le rocher. Il faut le chêne le plus dur de la forêt de
Lena pour donner la mort au vaillant. Éloigne-toi,
Eidona, ô mon amour! fuis le champ du carnage! la
terre va s'enivrer de sang, ses flots soulèveront ma
nacelle. »

La vierge s'éloigna et les glaives se mêlèrent.

Déjà le soleil baissait et l'ombre de la colline gagnait le rivage. On combattait encore. Salgar avait
péri; percé de mille traits, il ressemblait au hérisson,
habitant des marais. L'invincible Fergus, tel que le
sanglier environné de la meute, repoussait encore la
foule des assaillans; mais son bouclier était brisé et
sa hache était émoussée. Son bras, las de frapper,
retombait malgré lui; ses coups n'étaient plus mor-

tels. Le héros allait succomber; Dumbar parut:
« Arrêtez, guerriers, arrêtez! s'écria-t-il; le fils des
mers doit vivre, car il a combattu. » A ces mots,
tous les guerriers s'arrêtèrent.

« Honneur au vaillant Fergus! dit le chef, honneur
au vaillant Fergus! qu'il vienne dans mon palais
entendre le son de mes harpes et se réjouir à mon
festin. »

« Je n'irai point dans ton palais, répondit Fergus,
je n'entendrai point le son de tes harpes, car je ne
puis abandonner le brave Salgar à la fureur des
vagues. »

« Il reposera dans la sépulture des héros, dit Dumbar; il y reposera. Amis, réunissez vos efforts pour
soulever le corps du puissant étranger. Qu'il sommeille au haut de la colline, et qu'une pierre élevée
dise : « Là, sont les ossemens du fort. »

« Je te suivrai, ô Dumbar; car ton cœur est généreux; Fergus ira s'asseoir à ton festin. »

Il entre dans le palais. A la vue du fils de la mer,
les joues d'Eidona devinrent roses, et son cœur
palpita d'espérance. Les guerriers s'assirent au festin; ils sont amis, car leurs bras se sont éprouvés.
« Alfan, prends ta harpe, dit Dumbar, et que tes

chants réjouissent mon hôte. » Alfan chanta : « Les combats ont cessé. Tout est calme ; la nuit est belle et silencieuse, le zéphyr agite à peine les feuilles, et le bruit des flots n'est plus qu'un léger murmure semblable à celui du ruisseau de Lorma. »

« L'oiseau des nuits voltige, mais il ne fait pas entendre son cri lugubre. Le cerf, qui ne craint plus le chasseur, paît l'herbe sans inquiétude ; sa biche est couchée à côté de lui, et tous les vaillans sont à la table du festin. »

« Quel est donc cet inconnu que je vois traverser la plaine ? Il frappe la terre, et son cor fait retentir les échos. Pourquoi trouble-t-il le repos des nuits ? Le voici, je reconnais son visage. Que ses joues sont pâles ! comme ses yeux sont éteints ! qu'est devenue ta jeunesse, ô Ryner ? qu'est devenue ta beauté, l'amour des filles d'Érin ? Écoutez sa voix ! il appelle Marduf, son ennemi ; Marduf ne répond pas, il repose dans l'abîme. »

« Ryner aimait Fergida ; elle était belle, mais son cœur était perfide. Un jour, je m'en souviens, Ryner venait de quitter son amante ; il était fier et bondissait de joie, comme le coursier au signal des batailles. Alfan, me dit-il, Ryner est heureux : chante,

ô barde! chante ses amours. Je chantai, et mes accens enivrèrent son cœur. Dans son ravissement, il
s'écria : Que Fergida entende tes chants d'amour!
allons surprendre mon amante sur sa couche solitaire! Je le suivis; nous approchons du lieu où
repose la fille de Selma. La nuit était sombre et orageuse; la foudre roulait sur nos têtes; la voix mys-
térieuse du vent prédisait la tempête; le hibou appelait le malheur. »

« Ryner, lui dis-je, la mort est en ces lieux, fuyons.
Il ne m'entendit pas. Nous gagnons le sommet de
la colline; une femme paraît: elle tient à la main un
flambeau; trois fois elle l'élève, trois fois la flamme
brille, et trois fois nous reconnaissons Fergida. Sa
robe est blanche, sa chevelure en désordre; à ce signal, un homme approche, c'est Marduf! le lâche!
il marche avec précaution, il semble craindre de
fouler la poussière, il regarde autour de lui comme
le loup qui va surprendre la génisse endormie.
Fergida l'aperçoit, elle vole à sa rencontre; elle
éteint son flambeau; mais l'écho nous révèle leurs
baisers. Ryner mugit comme le taureau blessé par la
hache; il s'élance, il se précipite, il agite son glaive
qui sillonne l'obscurité. Un gémissement se fait en-

tendre, c'est Fergida; elle meurt! Marduf fuit, et
la nuit le dérobe à la rage du héros. Depuis ce tems,
l'ombre de Fergida poursuit Ryner, et lui apparaît ainsi qu'un météore enflammé. Ryner la voit,
et sa fureur renaît; il croit frapper encore, et son
glaive erre dans le vide; il appelle Marduf, mais
Marduf n'est plus; les flots ont englouti le traître.
O Ryner, tu es vengé; cesse donc de troubler les
nuits. »

Alfan se tut, et Fergus lui dit: « Barde, tes paroles m'ont ému, car mon cœur, comme celui de Ryner, brûle d'amour. O Dumbar, chef des guerriers!
la vierge d'Inisfail, Eidona a ravi mon ame; je
l'aime : qu'elle soit mon épouse, que Dumbar soit
mon père, et sa fille l'ornement de mes vaisseaux! »

« Fils de la mer, ô bras de la mort! répondit Dumbar, ton amour ne m'offense pas, car j'aime les héros; mais Eidona chérit Fithil : je ne veux pas faire
couler ses larmes. »

« Eidona aime Fergus, reprit le vaillant. Fithil a
fui devant mes regards, il a pâli à la lueur de mon
épée; la fille du roi des héros peut-elle être l'épouse
du lâche? Au jour du combat, qui la défendra? quel
bouclier repoussera les glaives? et que diront ses en-

fans, si les bardes ne prononcent pas dans leurs chants le nom de leur père? »

« O mon père, dit la vierge, j'aime Fergus, car il a vaillamment combattu ; qu'Eidona soit son épouse. »

« Fergus a vaillamment combattu, répéta Dumbar; qu'Eidona soit son épouse !» A ces mots, le chef tressaillit de joie, et les yeux de la jeune fille s'abaissèrent sur la terre. Pendant trois jours, on célébra la fête ; le quatrième, Fergus gagna la rive ; les vents furent doux, car l'aspect d'un héros épouvante même la tempête. Il aborda ses rivages, et les guerriers, en voyant son épouse, s'écrièrent : « Oh! qu'elle est belle, la fille de l'étranger! »

Swaran.

SWARAN.

UN BARDE ÉTRANGER EST DESCENDU SUR LES RIVAGES SCANDI-
NAVES POUR Y ANNONCER UN DIEU INCONNU; IL CHANTE SES.
LOUANGES. LE CHEF DE LOCLIN, SWARAN, L'ENTEND; IL S'IR-
RITE ET S'ÉCRIE :

« Pourquoi ce barde étranger ne chante-t-il pas
« Odin ou les héros des siècles passés? Va, Morla,
« prends ton glaive, qu'il meure! »

« O Swaran, sa voix est douce et mélodieuse,
« reprit le fils de Suarth; son bras est désarmé;
« Morla ne sait frapper que le guerrier qui menace. »

« Approche, étranger, approche, s'écria Swaran,
« et dis-moi quel est le héros que tu célèbres: son
« nom n'est jamais parvenu jusqu'à mes oreilles, et
« les bardes de Loclin n'ont jamais chanté ses com-
« bats. »

« Je chante un dieu de paix, répondit l'inconnu,
« un dieu qui abhorre la vengeance et le sang, un
« dieu qui a dit : Pardonne à qui t'offense, aime
« qui te hait. »

« Ton Dieu est le Dieu du lâche, reprit le chef,
« et le puissant Odin d'un seul coup de sa lance bri-
« serait ses os. Swaran lui-même ne craint pas de le
« défier. Va, retourne vers-lui; dis-lui : Le vaillant
« Swaran t'attend et veut se mesurer avec toi; sa
« lance est pesante, son glaive est tranchant. »

« Fils de Starno, que je plains ton aveuglement!
« le dieu que je sers tient dans sa main la foudre, et
« son doigt soulève les mers. »

« La foudre se brise sur mon bouclier, dit le hé-
« ros; et, seul dans ma nacelle, j'ai bravé mille fois
« le courroux des vagues; je te le dis encore, ô
« chantre étranger! va chercher ton dieu, qu'il
« vienne avec ses légions; Swaran les appelle tous.
« N'a-t-il pas fait mordre la poussière au fier Sithal-
« lin? les cris du fantôme ont-ils jamais troublé son
« cœur? l'ignores-tu? Ah! les gémissemens des mou-
« rans sont plus agréables à son oreille que le son
« des harpes. La lueur de son épée le guide dans les
« ténèbres; ses dogues ne cherchent point de proie,

« et les corneilles battent leurs ailes de joie dès
« qu'elles le voient saisir sa lance. »

« O roi de Loclin ! tes paroles sont celles d'un chef
« féroce et qui ne connaît pas la pitié. Mon dieu
« aime le brave et humilie le cœur sanguinaire ; un
« jour tes oreilles s'ouvriront à mes paroles et tu re-
« connaîtras le dieu de l'étranger. »

« Retire-toi loin de mes yeux, barde, retire-toi ;
« ta voix excite ma colère, et mon glaive a soif de
« ton sang. »

Le barde se retira ; mais la fureur de Swaran n'est
pas apaisée ; il promène autour de lui ses regards
menaçans. Semblable à la louve qui a perdu son
louveteau, il erre au hasard à travers la plaine, et
marche tel qu'Odin, lorsqu'il baigne ses pieds dans
le sang. Un guerrier descend la colline : « Es-tu le
dieu de l'étranger ? s'écria le chef ; es-tu celui que
la mort attend ? Swaran est ton ennemi, arrête et
combats. »

« Malheur à Swaran ! répondit le guerrier ; mal-
« heur à Swaran, s'il veut combattre encore après
« avoir reconnu Terman ; Terman qui, le jour du
« carnage, brisait avec lui des boucliers. »

« Je ne combattrai pas contre toi, fils d'Inistona,

« dit Swaran, car je t'aime; l'amitié engourdit le
« bras du vaillant et le rend plus faible que celui
« d'un enfant. Mon glaive, si je le levais sur ta tête,
« se romprait comme le roseau desséché par la bise :
« poursuis ta route; mais dis-moi si tu n'as pas vu
« ce que je cherche. »

« Un homme m'est apparu sur le sommet de la
« colline, dit Terman; son armure est noire, son re-
« gard est terrible; il était assis sur la pierre d'un
« tombeau; mes dogues hurlèrent à son approche
« comme s'ils avaient vu passer un fantôme, et vinrent
« se réfugier sous mon bouclier. Terman n'aurait pas
« craint de le combattre, mais il le prit pour l'ombre
« d'un héros du tems passé, il ne combattit pas. »

« Si c'est un fantôme, dit le chef, à la vue de
« Swaran il rentrera saisi de frayeur dans son cer-
« cueil; si c'est un guerrier, il arrosera de son sang
« les ossemens des morts. Marchons; puisse-t-il être
« ce dieu qui tient la foudre et dont le doigt sou-
« lève les mers. »

« Gloire à ton nom, ô Swaran! gloire à ton nom!
« Les fils de l'avenir diront : «Swaran fut brave!» et
« les bardes célèbreront les exploits de sa lance.
« Gloire à ton nom, ô Swaran! »

Terman parlait encore, mais l'écho seul répondait à sa voix. Le vaillant Swaran, à pas précipités, gagnait le haut de la colline. On entendait le bruit de sa poitrine haletante; tel le sanglier qui vient d'une seule course de traverser la plaine de Lona. O fils des batailles! ton glaive brille comme l'étoile du soir dans une belle nuit d'hiver, et tes regards appellent la guerre. Périra-t-il, le chef des braves? et ce sombre étranger, qui repose sur les tombeaux, fera-t-il couler le sang d'un héros?

« Qui es-tu, toi qui foules la cendre des morts? « s'écria le chef; qui es-tu, toi qui reposes quand « Swaran veille? Prends ton glaive et combats, ou « si tu es une ombre, rentre dans le tombeau, et « Swaran va s'asseoir sur la pierre. »

Le guerrier noir se lève: on croirait voir un des rochers qui bordent les rivages de Golba, ou un de ces chênes redoutés qu'honorent les fils des Gaules. Ils combattirent! qu'ils furent terribles les coups qu'ils se portèrent! La terre est labourée de leurs pas; leur armure résonne comme l'enclume que le forgeron frappe à coups précipités. Les habitans de la vallée, saisis d'effroi, s'écrièrent: «Quels sont donc ces hommes qui luttent sur la colline? Sont-ce des

enfans de la terre ou des fantômes qui veulent nous
effrayer par un horrible prestige? qui nous sauvera
de leur fureur? »

Mais un guerrier est. gisant; son sang coule et
rougit la terre; ses armes brisées attestent qu'un
seul coup ne l'a pas abattu. A quoi lui sert d'avoir
été vaillant? il est vaincu. Le lâche, plus léger que le
cerf, échappe à l'épée; il montre son bouclier, et le
fils de la plaine trompé dit : « Fithil est brave. »

O Swaran! quel bras terrible t'a renversé? quel
glaive assez tranchant a pu couper ta chair plus dure
que les rocs de Gormal?

Terman est accouru au murmure des épées ; il
voit le guerrier étendu : « Quoi! s'écria-t-il, le chef
« respire la poussière, le brave est tombé et il vit?
« ô Swaran! j'ai aimé ton courage et tu fus l'ami de
« Terman; mais tu es vaincu. Je laisserai couler ton
« sang jusqu'à ce que tu deviennes plus blanc que la
« neige d'Elmona, et je n'empêcherai pas les loups
« de disperser tes os, car tu es vaincu. Je vais dire
« à tous les bardes : Bardes, faites taire vos harpes,
« et cessez de chanter Swaran. Allez voir sur la col-
« line d'Ulfadda : vous y verrez les corbeaux volti-
« geant autour du vaillant et mangeant ses entrailles ;

« bardes, dites à l'avenir que Swaran a été vaincu. »

Terman s'éloigne ; Swaran l'appelle, mais sa voix, aussi grêle que celle des fantômes, ne parvient pas jusqu'à ses oreilles.

Cependant la nuit descend sur la plaine ; le vent s'élève et siffle à travers les rochers de Loclin ; la grêle tombe. Le renard, attiré par l'odeur du carnage, s'approche : en entendant respirer le chef, il s'éloigne effrayé. Swaran est mourant, ses guerriers ne l'ignorent pas ; mais Swaran a été vaincu, le vaincu n'a plus d'amis. Lorsque le bras du fort est rompu, le lâche dit : « Il n'est plus à craindre, je suis plus « puissant que lui. Foulons aux pieds son cadavre, « car il était redoutable. »

Quel est cet inconnu qui paraît sur le revers de la colline ? sa robe blanche vole au gré des vents ; il s'avance comme un nuage chassé par la bise ; la montagne s'abaisse sous ses pas.

« Es-tu l'ombre chargée de m'annoncer la mort ? « dit le chef : approche ; Swaran est vaincu. »

« Je suis celui que tu as chassé de ta présence, « répondit l'étranger, celui qui a fui devant ta co- « lère. »

« Barde, je te reconnais ; que viens-tu faire dans

« le champ du combat? viens-tu insulter le cadavre?
« Swaran est vaincu, il a cessé de vivre. Laisse les
« loups commencer leur festin; écoute! ils hurlent
« d'impatience et attendent ton départ pour dévorer
« la chair du chef. Ne leur dérobe pas leur proie; le
« vaincu leur appartient. »

« O mon fils! dit le barde, la mort atteint le vail-
« lant; le plus puissant succombe. Celui qui a ou-
« vert ton flanc gît peut-être en ce moment sur la
« terre, et son vainqueur triomphe. »

« Barde, tu envenimes ma douleur; celui qui a
« pu renverser Swaran est le plus fort des mortels;
« Odin lui-même reculerait devant lui. Soulève cette
« pierre, ôte la mousse qui la couvre, écrase ma
« tête, et tu diras à tes enfans étonnés : « J'ai tué le
« puissant Swaran. »

« Je ne tremperai pas ma main dans le sang du
« brave, mais je soutiendrai son front appesanti par
« la douleur; je fermerai ses plaies et je lui rendrai
« la vie; car le Dieu que je sers dit: « Secours celui
« qui souffre. »

« Ton Dieu n'est pas cruel, ô barde! mais sa pi-
« tié offense Swaran; il en rougit de honte comme
« la jeune fille surprise par son amant; mais toi que

« j'ai chassé de ma présence, pourquoi ne te réjouis-
« tu pas de ma mort? »

« O fils de Starno! la nuit s'éloigne, les ténèbres
« se dissipent, tes yeux s'ouvrent à la lumière! Swa-
« ran n'est plus ce guerrier farouche qui ne respirait
« que le carnage. Il sait combattre et aimer le vaincu.
« O noble Swaran! tu régneras sur les hommes, car
« tu as su dompter ton cœur. Les enfans des siècles
« à venir diront: « Il fut un chef qui se nomma Swa-
« ran; il fut humain et généreux, il protégea le fai-
« ble; gloire au héros du tems passé! »

« Barde, tes paroles sont comme le rayon qui
« rend la force à la tige courbée par l'orage. Mon
« ame est pleine d'espérance; Swaran vaincu ne
« veut plus mourir. »

« O mon fils, lève-toi, et marche! » dit l'étranger.

« Je suis lié à la terre par la douleur, barde; com-
« ment puis-je t'obéir? »

« Dieu est miséricordieux! » reprit l'inconnu. A
ces mots, le sang du héros cessa de couler, et ses
plaies se fermèrent. Il se leva.

Le barde descendit la colline; Swaran le suivit.
Ils arrivèrent à la cabane : le chef s'assit près du
foyer, il s'endormit. Pendant son sommeil, il crut

entendre des accens plus doux que le murmure du
ruisseau de Lubar. Le son des harpes n'était auprès
qu'un bruit rauque ; enivré, il écoutait. Odin lui apparut ; il était irrité. En vain pour étouffer ces accords mélodieux, il frappait son bouclier de sa lance ;
ce bruit épouvantable faisait mugir les antres des
montagnes et tressaillir les flots ; cependant la voix
du songe dominait encore. Par momens tout se tai-
sait pour l'entendre ; Odin lui-même s'arrêtait comme
enchanté, semblable au berger qui a aperçu l'ombre d'une vierge.

Le puissant Swaran se réveille. Déjà le chant du
coq avait chassé les fantômes ; le renard d'un pas
agile regagnait le creux du rocher ; l'oiseau sortait la
tête de dessous son aile, et le soleil, comme une montagne rouge, s'élevait de la mer.

« Que j'entende tes paroles, ô barde! s'écria Swa-
« ran, mon cœur en est altéré. Tu serais un dieu
« toi-même, que j'aurais moins de plaisir à t'écouter. »
L'étranger, saisissant sa harpe, fit entendre des sons
qui n'avaient rien d'humain ; mais ma faible voix
n'ose les redire ; il s'était tu, et le guerrier immobile
écoutait encore.

Déjà le jour fuyait, la flamme du brasier ne jetait

plus qu'une clarté mourante et incertaine, Swaran
gardait le silence; enfin il se leva : « O chantre di-
« vin! s'écria-t-il, le cœur de Swaran s'est agrandi,
« ses yeux se sont ouverts, il a conçu les grandes
« choses; oui, je reconnais ton Dieu, il est le Dieu
« de Swaran. »

Swaran crut, et Dieu l'aima. Il sut vaincre et par-
donner, et ses ennemis mêmes dirent: « Honneur au
« puissant Swaran! son bras est fort et son cœur est
« généreux. »

Drama.

IRAMA.

« Le torrent de Lumor a cessé de mugir. Celui qui aime a paru sur ses bords.

« Ah! qu'il est heureux, le guerrier que chérit une amante! ses jours sont calmes, ses nuits enchantées. C'est pour lui qu'au printems la fleur embaume l'air; c'est pour lui que le ruisseau murmure, c'est pour lui que les oiseaux célèbrent l'amour. Pour qui ces arbrisseaux ont-ils abaissé leurs branches et forment-ils ces berceaux mystérieux? c'est pour lui.

« Heureux le guerrier que chérit une amante! Que ma harpe retentisse! que ses sons montent vers la colline!

« Au jour du combat, quand les cygnes d'Odin, altérés de sang, font entendre leurs cris impatiens, quand l'air est sillonné par le glaive, quand tout

fuit, quelle est cette femme qui paraît dans la vallée
du carnage? c'est celle qui aime. Oh! comme son
œil est inquiet! avec quelle anxiété elle cherche le
guerrier! Tu le reconnaîtras, fille de Carul; tu le
reconnaîtras aux coups terribles qu'il porte. Celui qui
a ton amour doit être le vaillant. Regarde, quelle
armure peut résister à son bras? La voix de l'avenir
répétera ses exploits.

« Oh! qu'il est heureux, celui que chérit une
amante!

« La nuit a ralenti la fureur des hommes; la hache
indécise n'ose plus frapper. Odin lui-même, haletant, couvert de sueur, désire le repos. Le combat
cesse. Pour qui sont ces apprêts dans la cabane?
pour qui pétille le brasier? pour qui cette couche
parfumée est-elle préparée? Est-ce pour toi, étranger farouche, à l'aspect de qui la vierge effrayée
détourne ses regards?

« Heureux le guerrier que chérit une amante! Que
ma harpe retentisse! que ses sons montent vers la
colline!

« Lorsque, bravant la tempête, mon bras soulève
la nacelle et rend impuissant le courroux des vagues
mugissantes, qui soutient ma force? c'est toi, c'est

ton image, ô fille céleste! Si le vent m'éloigne du rivage, si la brume s'élève, ton cœur palpite d'inquiétude; tu erres sur la plage comme le faon que
sa mère a abandonné, tu cherches, tu appelles; ton
regard voudrait percer l'horizon, et j'entends ta
voix qui dit : « Où est celui que j'aime? »

« Le plus aimé périt; mille génies malfaisans entourent le héros. Si la mort vient me surprendre, mon
cadavre ne sera pas abandonné sur la rive. Les loups
de la mer n'en feront pas leur pâture. Tu recueille-
ras les restes du brave, et trois pierres roulées avec
peine par tes mains délicates annonceront qu'il repose. Ne pleure pas, fille de Carul; mon fantôme,
enivré d'amour, voltige autour de toi; ne pleure pas,
colombe: l'ombre de celui qui fut aimé n'est pas à
plaindre; l'amour survit à la tombe et embellit même
le néant.

« Heureux le guerrier que chérit une amante! Que
ma harpe retentisse! que ses sons montent vers la
colline! »

Ainsi chantait le jeune Éliner, Éliner fils de
Thorvald, Éliner le plus aimable des bardes. Un
guerrier, appuyé sur sa lance, l'écoutait; Éliner
l'aperçoit, et à l'instant sa voix fléchit et devient fai-

ble comme le dernier souffle du zéphyr; ses doigts
tremblent sur la harpe; il a reconnu les traits de
Ducomar, le féroce Ducomar qui a bravé l'amour, et
jamais n'a souri à la beauté.

Depuis vingt jours Ducomar n'a point paru à la
salle du festin. On a combattu; Ducomar n'y était
pas, et les peuples ont dit : « Ducomar n'est plus. »
Éliner considérait en silence la noble figure du héros. Il ignore s'il vit; ses yeux étaient sombres et
son front soucieux. « Est-ce toi, roi des camps, est-ce
toi? le brave est-il encore au nombre des vivans?
ou son ombre est-elle venue se reposer au son des
harpes? Non, Ducomar ne vit plus; car il n'aurait
pas prêté l'oreille au chant d'amour, lui qui ne sourit
jamais à la beauté, lui dont le cœur est insensible. »

« Le fils des combats est à plaindre, lui répondit
Ducomar; il est à plaindre, car il vit. J'ai vainement cherché la mort; elle a fui. Ami, un mal inconnu
me dévore : je ne sais quelle main perfide a versé le
poison dans mon cœur; il brûle. Le récit des exploits
des héros, les chants de gloire ne le font plus battre, il est terne comme celui d'un esclave. Une ombre importune est sans cesse auprès de moi. O Éliner! la voix du barde écarte les spectres malfaisans:

reprends ta harpe et fais entendre quelque récit terrible. »

« Je chanterai, dit le barde, je charmerai le loisir
du vaillant, ô Ducomar! Un Dieu jaloux de tes exploits, car un Dieu seul peut troubler la raison du
héros, est acharné à ta perte. Malheur à celui que
poursuit un fantôme! Écoute :

« La plaine était calme. Le chef d'Elmora, Hildaran, reposait, si l'on peut appeler repos l'angoisse du
songe. Devant lui veillait un fantôme; sa figure était
livide, son regard menaçant. Depuis long-tems le
héros, les yeux appuyés sur la vision, restait immobile. Enfin son bouclier, placé au pied de sa couche,
retentit. Le spectre tressaillit, et le guerrier lui dit :
« Qui es-tu, toi qui troubles le sommeil d'Hildaran? »
« Je ne suis plus, répondit le songe, je suis celui qui
fut. Eh quoi! tu ne reconnais pas Olgul que tu renversas
parmi les cadavres dans la plaine de Connor? Va voir;
mes os, plus blancs que la neige, effraient encore le
passant. Le jour de la vengeance est arrivé, fils de
Salgar! Ton heure approche; bientôt on entendra nos
ombres crier ensemble sur la colline; acharnées l'une
contre l'autre, elles se poursuivront dans l'air, et les
hommes abusés diront : « Les étoiles tombent. »

« Roi de la poussière ! s'écria Hildaran, tu essaies
en vain de m'intimider. Lorsque ton bras moisson-
nait des rangs entiers, je te bravai, je te défiai au
combat. En vain tu luttas contre la mort : chaque
coup de ma lance creuse un sépulcre. Tu l'ignorais,
tu l'appris, tu expiras, et je t'abandonnai à la faim
des corbeaux. Maintenant que tu n'es plus, préten-
drais-tu m'épouvanter ? Et que peux-tu contre moi,
vaine émanation du tombeau ? Tu ne m'effraies pas
plus que le brouillard qui s'élève des marais de To-
gormà, ou que l'haleine d'un coursier. Ah ! l'ombre
d'un ennemi mort me rappelle une victoire, et mon
cœur tressaille d'orgueil ! le vaincu ne doit-il pas
être à la suite du vainqueur ? Repose-toi sur mon
bouclier, mais prends garde que l'airain n'en retentisse encore : saisi de terreur, tu te précipiterais
vers la tombe. »

« Je m'y précipiterai, dit le spectre, car ta présence
m'est odieuse ; mais avant de m'éloigner, je te laisserai un souvenir d'Olgul. » Il dit, et il posa sa main
glacée sur le cœur du héros.

« A l'instant, une terreur secrète s'empare de lui.
Pour la première fois, il pâlit et frissonne ; une sueur
froide coule sur tous ses membres, et ses cheveux se

hérissent. Il n'ose plus regarder le fantôme qu'il
bravait, et le fantôme a disparu. Quelle est donc la
puissance des ombres? quoi! le cœur du fort lui-
même n'est pas à l'abri de leurs coups... Qu'il ssont
terribles les poisons qu'ils portent! Pourquoi haïr le
lâche? son ame peut-être n'est pas sans vertu, mais
le doigt du spectre l'a touché.

« Cependant le sommeil a de nouveau fermé les
yeux du fils de Salgar. Son ame est agitée, les son-
ges errent sur son front, mille objets confus semblent passer devant lui. C'est ainsi que le solitaire de
la montagne voit s'agiter les nations dans la plaine,
et il se demande : « Où vont-elles? »

« Un grand cri a retenti dans la vallée. Hildaran
croit entendre encore la voix du songe. Trois jeunes
guerriers s'élancent près de sa couche. « Malheur à
celui qui dort quand il faut combattre! s'écrie Iral;
malheur à lui. Lève-toi, chef! la forêt d'Ardulène a
vomi ses enfans; ils couvrent la plaine. Entends-tu
leurs accens féroces? tu les entends et tu dors! »

« Marchons! » dit Hildaran. Ils marchent; mais que
peut l'épée contre la foudre? que fera un seul contre mille? il peut mourir, il le doit. Le vaillant n'a
jamais dit : « Combien sont-ils? » car il est le vaillant.

Hildaran se précipite et son glaive brille dans la mêlée. Pourquoi ses coups ne sont-ils plus mortels?
qu'est devenue sa force? la main du fantôme est encore sur son cœur, elle le glace. Quand le cœur ne
brûle pas, le bras est faible; semblable à l'amant,
le guerrier ne sait vaincre que lorsque le délire l'é-
gare.

« Les dards ont volé. Ils sifflent comme la vipère
qui menace ; ils frappent, et mille cercueils s'entr'ouvrent. On entend le sanglot du blessé; il appelle la
mort; la mort hésite et semble laisser à la douleur
le tems de mordre sa victime. O douleur! que tu
es puissante! Le plus brave te cède. Odin seul voit
d'un œil sec son flanc déchiré; il regarde son sang couler comme le berger voit la pluie dégoûter de son
manteau; mais Odin est un dieu, et son flanc est insensible.

« Les glaives se croisent, les armures s'entrecho-
quent et résonnent comme au jour où la main du
forgeron les préparait sur l'enclume. Ivan combattait près du chef; un coup l'atteint, il tombe. La terre
retentit de sa chute; un gémissement sourd sort de
sa poitrine; Ivan, le plus beau des fils d'Érin , l'invincible Ivan n'est plus.

« Hildaran frémit; mais il n'a pas reculé, il est
encore le chef des héros. Olgul, ton poison sera-t-il
sans force? le cœur du brave vaincra-t-il jusqu'à la
puissance de la tombe? Non, l'arrêt du ciel est irré-
vocable.

« Olgul, le cruel Olgul, altéré de vengeance, appelle à grands cris tous les noirs génies qui, sur les
bords du Nastrond, tourmentent le lâche et le traître. Ils accourent à sa voix, et, comme une nuée de
vautours affamés, ils tombent sur le champ de ba-
taille. A leur aspect, tous les cadavres se relèvent,
ils marchent: oh! qu'ils sont hideux! Ivan est à leur
tête; ils entourent Hildaran, ils le pressent, ils le
menacent. O chef! méprise ces vains prestiges. Quoi!
la vapeur du Nisfleim fera-t-elle trembler celui qui
détruit les armées? Hildaran, malheureux Hildaran, les cieux sont donc sans pitié? Déjà sa raison
est égarée; il frappe encore, mais il frappe au hasard. Sa vertu s'évapore comme le parfum de la fleur
qui se fane. Bientôt il oublie qu'il fut un héros; il
abandonne le champ du carnage, il fuit sur la colline
et se cache comme la couleuvre dans le buisson. «Où
est Hildaran? s'écrient ses guerriers; où est-il?» En
vain ils appellent Hildaran; leurs voix n'arrivent

26.

plus jusqu'à son oreille. Ils périrent tous, car le doigt du fantôme n'avait pas touché leur cœur.

Que leur sort est préférable à celui d'Hildaran ! Hildaran vit et pleure sa gloire passée. L'ombre d'Olgul acharnée sur sa victime lui apparaît sans cesse et sans cesse lui reproche sa fuite. Chaque jour, Hildaran fait entendre son chant de mort; mais le cruel Olgul, pour jouir plus long-tems de sa honte, amollit son bras et détourne le fer. La force d'Hildaran est éteinte; il ne descendra plus dans la plaine; il mourra ignoré dans la caverne et loin des regards d'un ami. Personne ne dira: « Il est mort », car on ignore s'il vit. Dans les siècles à venir, celui qui apercevra ses os à moitié couverts par la mousse s'écriera : « Ce ne sont point les os d'un guerrier, car les antres sont le refuge du lâche. » O Hildaran! à quoi te sert-il d'avoir été un héros! Malheureux est celui que poursuit un fantôme ! »

Le barde se tut. « La vision qui me poursuit n'est pas sinistre, dit Ducomar. Que l'ombre d'Olgul, qu'Héla et tous les spectres du rivage des cadavres m'apparaissent, je ne détournerai pas les yeux. Ami, une vierge aux longs cheveux est devant mes regards. »

« Je connais ton mal, s'écria le barde. Ducomar,

l'invincible Ducomar, qui souriait fièrement au nom
d'une épouse, est vaincu; il cède, il cède à la
beauté. O fils d'Odin, tu aimes; oui, tu aimes; l'a-
mour a dompté le héros. »

Ducomar, transporté de fureur, porte la main à
son glaive, mais il s'arrête. « Ducomar n'est pas
vaincu! s'écria-t-il. L'amour n'est pas pour le fils des
combats. Que le barde aime, chante et soupire, c'est
son destin; mais le héros ne doit chérir que la victoire. Son repos est la gloire; sa volupté est la
louange des hommes. Non, non, Éliner, ce n'est
pas l'amour que je ressens; quelque génie funeste a
touché mon cœur, mais ce cœur est libre; en vain
une ombre insensée le poursuit, elle s'éloignera. »

« Ne l'espère pas », dit le barde.

Ducomar agita de nouveau son glaive.

« Fils des combats, continua Eliner, si tu n'aimes
pas, si ton ame est seulement en butte aux persécu-
tions d'une ombre, je veux te rendre au repos. Au
pied de la colline de Berthim est une fontaine qui
détruit tous les enchantemens. Tu t'y plongeras trois
fois; mais prends garde, ami: si ce n'est point un
prestige, si tu es véritablement la proie de l'amour,
le feu en augmentera encore, et, quel que soit ton

courage, il fléchira. Le cœur de l'homme est faible contre un regard de la beauté, et le plus brave succombe. »

« Allons à la fontaine de Berthim! » s'écria Ducomar. Ils s'avancèrent vers la fontaine. Arrête, Ducomar, arrête, cygne des batailles. Insensé, où vastu? veux-tu rendre plus pénible encore cette lutte où tu résistes à peine? Tu aimes, oui, tu aimes; tu es vaincu, la beauté t'a soumis.

Entre le mont de Thangus et le torrent de Lumor, est une petite vallée éloignée des villes et qui n'est fréquentée que par le voyageur égaré. Vallée de Melor, tu ne contiens pas de richesses, ton sol n'est pas couvert de palais, tes ruisseaux ne roulent point de pierres précieuses; vallée favorisée du ciel, tu renfermes un plus grand trésor, tu possèdes Irama. O fille céleste! si la voix du barde n'est pas avec lui enfermée dans la tombe, si ses chants surnagent sur l'océan des siècles, ton nom retentira dans l'avenir; les enfans de nos enfans, pour louer une amante, la compareront à Irama. Que ta vie soit douce, reine d'amour! Car tu es la plus noble, la plus belle, la plus pure des créatures.

C'est dans la vallée de Melor que Ducomar a

perdu le repos. Il errait un soir, sur le mont de
Thangus; il examinait en silence ces pierres qui
couvrent les ossemens des héros. Ces monumens de
mort semblaient croître aux rayons de la lune. On
voyait autour de leur cime voltiger les ombres des
aïeux, semblables aux papillons des ténèbres. La nature était paisible; la bise s'était tue; le sapin ne ba-
lançait plus sa tête hérissée, la bruyère restait immobile et silencieuse.

Tout à coup les voix de la guerre se font entendre. Les échos redisent les pas des légions; le cœur
de Ducomar (il n'aimait pas alors) tressaille d'alégresse; il brandit son glaive. Oh qu'il est terrible, le
roi des batailles! Malheur à l'ennemi qu'il menace!

Les fils de la mer ont abordé le rivage; ils ont
pénétré dans la vallée, ils y portent la mort. Fuyez,
étrangers, fuyez vers vos vaisseaux! O Ducomar!
qui pourrait résister à ton bras? en vain les années
s'accumuleront; jusqu'à la fin des siècles les âges à
venir rediront les exploits de ta lance, et le dernier
des bardes mêlera ton nom à ses chants.

A ses coups, les fils de la mer ont reconnu un
héros, et déjà ils tournent vers leurs vaisseaux un
regard inquiet.

Mais quelle est cette femme sur laquelle ils portent une main sanglante? ses cheveux plus noirs que le front de Cromaglas servent de liens aux barbares pour entraîner leur proie. Que ses cris sont perçans! un vieillard implore les ravisseurs; il les suit d'un pas tardif, il tend vers eux des mains suppliantes. A sa douleur, on reconnaît un père. Ah! que son désespoir est grand! Mais ses sanglots n'amollissent pas le cœur de l'étranger; il est aussi dur que le chêne de Torma; il sourit de pitié à la douleur. Quoi! la plus belle des vierges sera-t-elle la proie du brigand? non, le fer du vaillant a brillé. A sa lueur, l'étranger a aperçu Ducomar; saisi de terreur, il abandonne sa victime, il fuit; mais le pas du lâche est incertain; la flèche est rapide; elle atteint le fuyard lorsque déja il disait: «Je suis à l'abri de ses coups. »

Le murmure des épées a cessé; le fils de la mer a regagné ses vaisseaux. On n'entend plus que le bruit des rames dans le lointain et le cri prolongé du matelot.

Ducomar est sur la colline; harassé, il se couche sur la terre. C'est ainsi que le héros trouve partout un gîte. Il ne craint ni les embûches de l'assassin, ni la dent du loup, ni l'apparition des fantômes. A son aspect, son ennemi recule effrayé ; il redoute même son sommeil et s'écrie : « Ah ! qu'il serait terrible s'il veillait. »

Un vieillard se présente devant lui. « Viens reposer dans ma cabane, ô Ducomar ! viens t'asseoir à mon festin, il est prêt ; je suis le vieux Hérald, je suis le père d'Irama. Ducomar, le vaillant Ducomar, est mon hôte et mon ami, car il a sauvé celle que j'aime. »

Grâce te soit rendue, ô vieillard ; mais l'aigle et la colombe ne peuvent habiter le même ombrage ; laisse-moi prendre ici mon repos.

Le vieillard affligé retournait vers sa retraite, lorsqu'Irama parut. Oh ! qu'elle est belle, la fille d'Hérald ! Qui résisterait à l'un de ses regards ? A son aspect, le preux se lève. « Ducomar, lui dit-elle, viens dans la cabane d'Hérald, qu'il soit ton hôte ; car tu as sauvé celle qu'il aime. »

A cette voix, le cœur du chef éprouva un sentiment inconnu. Il lui sembla entendre un son divin ; et lui, dont la résolution était plus inébranlable que le rocher de la plaine ; lui, qui n'avait jamais cédé à la volonté d'aucun être humain, suivit en silence la jeune fille.

Il entre dans la cabane : le foyer brille, il voit Irama. O Ducomar! en vain tu portes un bouclier, en vain ta poitrine est couverte d'airain, l'amour a frappé; c'en est fait, malheureux Ducomar! le trait mortel est dans ton cœur; tu l'emporteras sous la pierre du tombeau.

Le festin est terminé; Irama s'éloigne. Ducomar est conduit par Hérald dans la salle qui lui est destinée. Hérald y allume une torche résineuse et odorante, et se retire en souhaitant à son hôte un long repos. Vain souhait ! ô Ducomar, il n'est plus de repos pour toi! Le guerrier s'étend sur sa couche; le sommeil fuit sa paupière. L'image de la vierge voltige sans cesse autour de lui. Il la voit sur la colline, il la voit dans la salle du festin; il entend encore sa voix douce et mélodieuse. En vain il veut écarter cette ombre brillante, elle revient sans cesse ; en vain il s'agite, il ne trouve pas de place où sa tête puisse reposer.

L'aurore a paru; et ses yeux ne sont point encore fermés. Il se lève, il saisit ses armes et se précipite hors de la cabane, il marche, et la vision qu'il fuit marche à ses côtés. Un feu intérieur le mine, le dévore : il erre comme le daim, dans le flanc duquel une flèche a pénétré.

Le soleil est déjà au milieu du ciel. Le vieux Hérald, ne voyant pas paraître son hôte, entre dans le lieu où il croit qu'il sommeille encore: il trouve sa couche froide et abandonnée; il s'étonne, il l'appelle à grands cris: aucune voix ne répond à la sienne; il s'afflige. « Eh quoi! dit-il, le guerrier est-il mécontent de l'accueil du vieillard? O roi des combats, tu as blessé mon cœur, et si ce bras avait encore quelque force, il te combattrait; mais l'âge l'a engourdi, et Hérald n'a pas de fils pour le venger. » Irama tâche d'adoucir ses regrets, et son cœur aussi est déchiré; cependant elle espère que le chef reparaîtra; en la quittant son regard n'était pas ennemi. Tous les soirs elle va voir au sommet de la colline, et chaque soir elle revient solitaire et silencieuse.

Vingt jours se sont écoulés, et il n'a pas reparu. Depuis vingt jours, Ducomar lutte vainement contre une passion invincible, et cache dans la solitude son trouble et son désespoir; il parcourt les forêts et les montagnes. Plusieurs fois, dans sa fureur, on l'a vu briser d'un seul coup le sapin qui domine la plaine; ou soulevant le rocher, le faire rouler avec fracas dans la vallée. Quelquefois,

au milieu des nuits, il fait entendre des cris sinistres ;
les échos de la montagne mugissent, le chien hurle
d'effroi, et le pâtre épouvanté se réfugie au plus pro-
fond de la caverne.

Souvent ses yeux se remplissent de larmes, son
cœur si fier s'amollit, son glaive tombe à ses pieds,
et la pointe de sa lance se tourne vers la terre. Immobile, il apparaît de loin au voyageur comme ces
monumens mystérieux qu'adore le druide. Il descen-
dait la colline lorsqu'il entendit la harpe d'Éliner, il
s'approcha en silence et il écouta le chant d'amour.

Cependant le jeune barde qui suivait le héros a
gagné le rivage ; il arrive à la fontaine de Berthim.
Trois fois le chef s'y plongea, et trois fois l'amour
l'embrasa d'un feu nouveau. Il le sentit ; il poussa un
cri terrible. Éliner, effrayé, se réfugia derrière le
rocher, comme le nautonnier au premier cri de la
tempête.

« 'Amour ! s'écria Ducomar, funeste amour ! c'est toi
qui me brûles ; je le vois, un dieu cruel me poursuit ; mais le héros doit vaincre jusqu'aux dieux
mêmes. » Il dit, et s'éloigne de ce lieu fatal.

La mer était orageuse ; les flots, se brisant contre l'écueil, jaillissaient au loin et retombaient en

pluie d'écume. Le monstre marin, applaudissant à
la fureur des élémens, folâtrait avec la tempête ; des
myriades d'oiseaux à la voix rauque, voltigeaient,
se croisaient en sens divers, et, d'une aile légère,
semblaient repousser la lame qui s'élevait vers eux.
Dans le lointain, une barque cherchait à gagner la
rive : vains efforts, le doigt de la mort avait marqué
sa victime, l'abîme attendait sa proie.

Ducomar resta long-temps sur la plage. Mille
projets traversent son cœur. Tantôt furieux contre
lui-même, il veut se précipiter dans le gouffre ; tantôt sa rage se tourne contre Irama, et il est prêt à
porter le ravage et la mort dans la vallée de Melor.
Enfin il résolut de voir celle qu'il aime, de lui dé-
clarer son amour et d'implorer sa haine. Il marche ;
semblable au spectre de la vision, il se présente à
la fille d'Hérald et lui dit :

« Fille d'Hérald, tu vois devant toi celui qui
aime.

« Je suis Ducomar, le noir, le féroce. Jamais je n'ai
souri à la beauté ; jamais je ne l'ai pressée sur mon
cœur ; je me plais dans le carnage, et les cris des
mourans flattent mon oreille. Mon corps est sillonné
d'affreuses cicatrices, ma bouche n'a jamais proféré

que des menaces et poussé des cris de guerre ; mon
front est sombre, mes yeux sinistres.

« Fille d'Hérald, tu vois devant toi celui qui aime.

« M'a-t-on vu, dans les combats, couvrir de mon
ombre la retraite du pasteur timide ? Non, je l'ai
abandonné au glaive : car je suis Ducomar.

« J'ai brisé la harpe du barde, et malgré les plaintes de l'amante, j'ai frappé le jeune amant, j'ai foulé
aux pieds son cadavre.

« Fille d'Hérald, tu vois devant toi celui qui aime.

« Mon casque n'est pas orné d'un panache brillant.
Je ne possède rien qui puisse flatter l'orgueil d'une
épouse ; je n'ai pas de palais ; la terre est mon lit,
mon épée est mon asile. Je ne sais pas faire entendre
de chants mélodieux, ni tirer d'une harpe des accords
savans ; Ducomar ignore tout ce qui peut plaire, il
ne sait que combattre et répandre la terreur. Mal-
heureuse serait l'épouse du chef cruel : son sort serait
de trembler devant lui.

« Fille d'Hérald, tu vois devant toi celui qui aime.

« Souvent dans le silence des nuits je me lève, je
vais sur la pierre du tombeau ; là, j'appelle le fantôme et je le défie au combat. Quelquefois une lutte
hideuse s'engage entre nous. Vains efforts de la des-

truction contre la vie ! le fantôme cède , il est vaincu
et se cache en gémissant sous la pierre ; mais quand
le vainqueur reparaît au jour, couvert de la poussière du sépulcre, qu'il est affreux ! A son aspect on
fuit, on se cache ; le brave même sent palpiter son
cœur. Isolé par la terreur, Ducomar se réjouit, et
seul il chante la victoire.

« Fille d'Hérald, tu vois devant toi celui qui aime.

« Je n'ai jamais serré la main d'un ami. Le guerrier, le barde disent : Ducomar est vaillant, mais le
barde, mais le guerrier fuient Ducomar. Quand le
glaive aura épuisé mon sang , le plus brave succombe ,
quelle épouse viendra consoler l'épouse de Ducomar?
elles diront toutes : « Il a frappé celui que j'aimais !
haine à l'amante de Ducomar ! » Des nuées de spectres
se joindront à elles et t'épouvanteront de leurs cris.
Que tes jours seront sinistres! que tes nuits seront
lugubres ! et mon ombre, peut-être, mon ombre impitoyable viendra te reprocher son amour et t'entraîner vivánte dans le linceul.

« Fille d'Hérald, tu vois devant toi celui qui aime. »

Immobile comme la pierre de la tombe, Irama
l'écoutait ; mais qu'il est facile au vaillant de toucher
un noble cœur! En vain le lâche se pare d'étoffes

éclatantes, en vain il étale sa blonde chevelure et
sourit avec amour. La jeune fille se dit : « Est-ce
donc ce faible bras qui me défendra? »

Irama parla. A cette voix, le cœur du chef tressaillit : tel un chasseur altéré quand il entend le
murmure du ruisseau. « Ducomar, lui dit-elle, pourquoi veux-tu combattre l'amour? Irama n'est pas insensible, elle aime Ducomar, car Ducomar est vaillant.
Va trouver Hérald; dis-lui : Mon père, accorde-moi
celle que j'aime; et Irama sera ton épouse. »

Le vieillard a tout entendu; il paraît : « O Ducomar, tu combles les vœux d'un père! le vieux Hérald
mourra satisfait s'il peut t'appeler son fils; son nom
vivra à l'ombre de ton nom glorieux. Vingt héros
furent mes pères : leurs armures ornent encore les
chênes de mes forêts; je possède d'immenses troupeaux, tout t'appartient. Époux d'Irama, qu'en ce
jour je puisse t'appeler mon fils! »

Le guerrier soupira : « Vieillard, lui dit-il, mon
cœur brûle : j'aime Irama, oui, je l'aime. Va, ras-
semble tes amis, tous les vaillans; je paraîtrai devant
eux, ils reconnaîtront Ducomar. » Hérald obéit.
Tous les vaillans s'assemblèrent. Irama, plus belle
que le premier jour du printems, était au milieu de

ses compagnes. Les bardes célébraient l'hymen; le héros parut, il chanta :

« Malheureux est celui qui aime, il n'est plus pour lui de repos sur la terre.

« Voyez-vous ce jeune homme au regard sombre? pourquoi ne partage-t-il pas les jeux de ses compagnons? pourquoi sa poitrine oppressée laisse-t-elle échapper de longs soupirs? pourquoi son œil inquiet suit-il tous les mouvemens de cette jeune fille qui folâtre dans la prairie? Il aime.

« Malheureux est celui qui aime, il n'a plus de repos sur la terre.

« Et toi, guerrier, pourquoi ces cris de fureur? contre qui aiguises-tu ton glaive et prépares-tu ta lance? Tout dort, tout est en paix. Un arc léger et la dent du dogue te suffisent contre les animaux des forêts. Guerrier, je le vois, tu es altéré de sang, et c'est du sang de ton ami! de celui qui vainquit avec toi! De quel crime s'est-il rendu coupable? a-t-il trahi l'amitié? a-t-il offensé ton père? Non, ton amante a dit : « Cormul est beau », et le poison de la jalousie a dévoré ton cœur.

« Malheureux est celui qui aime, il n'a plus de repos sur la terre.

« Chantre des combats, fils de Cairbar, pourquoi
les échos de l'Ulster sont-ils muets? pourquoi les accens de ta voix sonore n'enchaînent-ils plus les pas
du voyageur enchanté? pourquoi les jeunes filles dans
leurs danses ne t'enlacent-elles plus de leurs bras
caressans en demandant un chant d'amour pour prix
de ta liberté? n'es-tu plus ce barde chéri des héros et
de la beauté? ou bien es-tu descendu dans la tombe,
et cette figure pâle et triste que je vois errer au bord
du torrent, n'est-elle que ton ombre? Non, tu vis,
ô chantre de la gloire; oui, tu respires encore; mais
l'amour te dévore : mieux vaudrait pour toi sommeiller dans le cercueil.

« Malheureux est celui qui aime, il n'a plus de
repos sur la terre.

« Pourquoi ce guerrier oublie-t-il l'heure du combat? pourquoi la poussière couvre-t-elle ses armes?
Hélas! rien n'est à lui, pas même sa vertu. Si son
amante lui dit : « Va embraser la chaumière de l'or-
phelin, va combattre auprès de l'étranger! » Il ira,
et ne rougira pas d'être nommé le traître, car l'a-
mante l'a voulu. Dans la mêlée, si l'amante l'appelle,
il fuira comme le lièvre timide; il abandonnera son
bouclier pour courir avec plus de rapidité; et, après

le combat, il cherchera en vain une caverne pour
cacher sa honte.

« Malheureux est celui qui aime, il n'a plus de
repos sur la terre.

« O fille d'Hérald! ô la plus belle des vierges!
mille voix t'ont célébrée. Ta beauté n'est pas celle
d'une simple mortelle; les yeux éclatent d'un feu
divin, ta bouche ressemble à la rose qui s'entr'ouvre
pour respirer la rosée, ta voix est plus douce que les
sons de la harpe, ton cœur est noble et généreux.
Fille d'Hérald, je t'aime, je brûle! mais le héros doit
vaincre jusqu'à son délire. Jamais, ô mon amante,
je ne te presserai sur mon cœur. Ducomar a dit qu'il
vaincrait l'amour; il le vaincra, car il sait mourir. »
Il dit. Il se frappe, et son sang jaillit au loin. Irama
jette un cri de douleur; mais tu ne l'entendis pas,
ô Ducomar! déjà ton ame voltigeait sur la colline.

Tu as vaincu l'amour, ô guerrier! oui, tu l'as
vaincu, et les enfans de l'avenir prononceront ton
nom!

TABLE.

✿

FIN DE LA TABLE.